東十条の女

小谷野敦

幻戯書房

東十条の女

小谷野敦

目次

装幀　小沼宏之
編集　岸川真＋中村健太郎
写真撮影　茂木一樹

東十条の女

潤一郎の片思い

退院して自宅に帰ったのは二月の末だった。ずいぶん長く静養と入院をしていたが、世情は色々と動いていた。大逆事件とかで幸徳秋水らが逮捕され、死刑判決を受けた。文藝方面では、「パンの会」という、画家や小説家の集まった会が出来て、小山内薫という帝大英文科出の新人が盛んに演劇をやり、議論をしていた。

留守の間に、送られてきた本や雑誌がだいぶ溜まっているのを、あれこれ見ていると、『新思潮』創刊号というのがあった。前に小山内が出していた帝大生の文藝雑誌だが、また出したようだ。目次を開くと、創作に混じって「『門』を評す」というのがあったから、読んでみた。

お米と宗助は、不幸そうに見えるが、もう何年も夫婦をしていて、それでいて仲がいい、それだけでもいいではないか、という趣旨だ。金之助は、ふと気づいてその雑誌の奥付を見ると、去年の九月になっている。『門』が単行本として春陽堂から出たのは今年のはじめだから、連載を読み終えて書いたらしい。「谷崎潤一郎」と署名があった。帝大生なんだろうが、搦《から》め手から攻めていて、なかなかやるなと思ったが、貶《けな》しつけられて愉快がるほどの余裕は、今の金之助にはない。あるいはこの男、自分を自然主義のほうへ行きつつあると思ったのかもしれない。

最近は、自然主義への抵抗の動きが盛んだそうだ。学習院出身の連中が『白樺』という同人誌を出したし、森さんが吉井勇とかと『昴』というのを出した。おそらくこれも反自然派なんだろう。目次を見ると、和辻哲郎とか、小泉鐵《まがね》とかいうのが書いている。もとより知らないが、みな帝大生なのだろうか。

谷崎は、ほかに「誕生」という、藤原道長を描いた戯曲も載せていた。創刊号に二つ載せるとは、意気込みだな、と金之助は微笑した。読んでみたが、どうということもなかった。『栄花物語』を使ったようだが、国史の学生だろうか。

草平に訊いてみると、創刊号は発禁になったという。それは気の毒だな、と金之助は思った。警察の発禁は実に気まぐれで、基準が分からない。慣れてくるとだいたい見当がつくのだが、これはまずいだろうと思っても警察で気づかないのか発禁にならないこともある。

谷崎ってのを知ってるかい、と草平に訊いてみると、パンの会のほうだから、太田さんが知ってるんじゃないですか、と言う。

太田正雄は医者だが、木下杢太郎という変わった筆名を使っている。いつか訊いてみよう、と思った。

＊

潤一郎は、「『門』を評す」を出して、どきどきしていた。「誕生」のほうは、大したものでないのは分かっていた。「刺青」というのを書いていて、これは傑作になるはずだが、まだ出さない。

夏目さんとは、一高の廊下ですれ違ったことがある。あ、夏目先生、と思ったが、行ってしまった。行ってしまうのは当然で、こちらはただの弊衣《へいい》蓬髪《ほうはつ》の学生に過ぎない。

『吾輩は猫である』とか『坊っちゃん』とかは好きだった。当時、潤一郎は、神田の裏手の陋屋《ろうおく》に、商売に失敗して零落した父と母、多くの弟妹とともに住んでいた。妹の園は肺病で寝ていた。惨めな暮らしの中で、潤一郎は、自身が華やかに文壇へ出ることだけを夢みた。夏目さんが朝日新聞へ入ってからは、毎日のように新聞縦覧所《じゅうらんじょ》へ行って小説を読んだ。『三四郎』の連載が始まった明治四十一年九月、潤一郎は一高から帝大へ入学していたから、自分のことが書かれているかと思ったほどだ。しかし潤一郎は、夏目さんと同じ江戸っ子だ。だが、その中で三四郎が「大学にはいる。有名な学者に接触する。趣味品性の備わった学生と交際する。図書館で研究をする。著作をやる。世間で喝采する。母がうれしがる。というような未来をだらしなく考えて」とあるところまで来ると、どっきりして、いつ夏目さんに心を覗かれたかと思った。

潤一郎のは、これに「夏目さんに認められる」がつけ加えられたのである。だが、『それから』あたりから、深刻趣味が鼻につき始めた。それで、あんなものを書いてしまった。夏目さんのような文章は書けないものだ。褒めればいいものを、ひねくれた。

夏目さんが怒らないか、と恐れる一方で、反応してくれたらいい、とも思い、また、面白いと言って呼ばれやしないかと、密かに期待した。だが、それはなく、潤一郎はひそかにがっかりした。「パンの会」の集まりなどで、永井先生や泉さん、森先生などには会ったが、夏目さんはそういうところには出てこなかった。

その後、「刺青」を発表すると、思惑通り、世評は高く、潤一郎は文壇の新星となった。特に永井さんが激賞してくれたから、潤一郎は生涯、永井さんを徳とした。夏目さんの門下の小宮豊隆が『ホトヽギス』に評を書いてくれたから、今度こそ夏目さんも何か書くかと思ったが、それもなかった。

するうち、潤一郎は書くネタが尽きてきた。明治四十五年に「悪魔」を『中央公論』に発表したが、ここから潤一郎は「悪魔主義」などと呼ばれ、同時期にデビューした耽美主義的な長田《ながた》幹彦《みきひこ》と併称され、夏前に、「大阪毎日新聞」「東京日日新聞」から、京阪を旅して見聞録を書くよう言われていたので、渡りに舟とこれに乗った。

前に潤一郎は、汽車恐怖症に罹ったことがある。電車（市電）くらいなら平気なのだが、長い距離止まらない汽車や、まして急行などに乗ると、恐ろしくなるのである。それが、酒を飲むといくらか緩和されるから、用心して、名古屋あたりまではびくびくしながら乗って行った。

京都で長田幹彦と合流して、祇園で文学藝者として知られる磯田多佳《たか》に会ったりしたが、京都帝大の教授になっていた上田敏《びん》から、二人に会いたいと言ってきたので、瓢亭《ひょうてい》でご馳走にもなった。夏目さんも京大から呼ばれたが、「ほととぎす厠《かわや》半ばに出かねたり」と言って断り、朝日新聞へ入った。松山、熊本、ロンドンといて、やっと東京へ戻ってきて、今さら京都へなど行きたくなかったのだろう。代わりに英文科へ呼ばれたのが柳村《りゅうそん》・上田敏だった。

だが当時の京都には、文学をやる雰囲気がなく、京大生にも、のち一高を退学になってやってきていた菊池寛のほかは、文学雑誌を出すような学生はなかった。敏は、寂しかったのである。だが、つい潤一郎に、「君もそうそうクラフト＝エビングみたいなものばかり書いてないでね」と言ってしまった。

潤一郎も長田も、それから敏を敬遠するようになってしまった。のち敏が若くして死んだ時は、潤一郎は、悪いことをしたなと思った。

ところが、天皇の病状が悪化している時に、潤一郎の精神状態も悪化していき、前よりひどく、汽車恐怖症が再発した。

潤一郎は、長田幹彦というのも、つまらない、あまり才能のないやつだと思い始めていたところへ、この病気が再発して、長田がそれを理解しないから、むかっ腹がたって、長田とは半ば絶縁してしまった。ところが、大学を中退した潤一郎は、徴兵猶予が切れるので、夏には徴兵検査を東京で受けなければならず、父から早く帰ってこい、と電報が来る。だが、短い区間ですら怖くなっているのに、とても東京へは帰れない。それで、関西で徴兵検査を受けられるようにしたが、これも汽車で手間取っているうちに時間が来てしまった。

とうとう、友達に名古屋まで付き添ってもらって、ウィスキーをちびりちびりやりながら、鈍行の汽車で帰ってきた。それから、従妹のスマというのが母親から受け継いでやっている真鶴館という宿屋に逗留して、徴兵検査は脂肪過多で不合格となった。スマには江尻という夫がいるのに、不倫関係になってしまった。

それが夫のほうにばれ、危うく刑事告訴されて、北原白秋のように監獄に入ることになる、というところまで来て、潤一郎は逃げ出した。監獄まで行かなくても、父母に知れたらと思うと恐ろしかった。

その頃、一緒に『新思潮』をやっていた、親友だった大貫晶川《しょうせん》が、若くして死んでしまった。潤一郎は、文学活動のスランプに、死の恐怖や、不倫が世間にばれる恐怖で、精神の不安定に陥り、自殺すら考えた。

それから二年ほど、潤一郎は住居を転々として、一応作品は発表しているものの、どこにいるのか周囲の人にも分からなくなった。

潤一郎はふと、単行本になった金之助の『行人』を読んだ。主人公は、長男の一郎という男だったが、金之助は確か長男ではない。潤一郎は長男である。

読んでいくうち、妙に引きつけられた。妻の貞操を疑う男の話だが、潤一郎のほうは人妻の貞操を奪った男である。だがそのうち、一郎が、「いてもたってもいられない」という状態にあることを告白する段になって、あっ、と潤一郎は声をあげた。

世間向けには、汽車恐怖症のところだけを、面白可笑しいように「恐怖」という小説に書いて、「大阪毎日新聞」に出していたが、実際には潤一郎にも、この「いてもたってもいられない」という状態があったのである。いや、今でも時おりはある。そういう時は、酒を呑んでまぎらわす。

(夏目さんも同じような病気だったのだ……)

そう考えると、潤一郎は、また夏目さんに会いたくなってきた。

だが、新聞で、「先生の遺書」というのが連載されているのを、ぽつぽつ読んでいたら、どうも文章が違っていた。筋立てにも感心しなかった。あとで『心』という題で単行本になった時にまとめて読んだが、出来は良くないなと思った。

＊

金之助は、修善寺で死にかけて生還はしたが、以来、体の不調は続いた。胃潰瘍は完治していなかったし、糖尿病もあった。

木下杢太郎によると、谷崎というのは、「女の気持ちを知りたい」から、陰茎を切る手術をしたいと言ったことがあるという。金之助は、笑ったが、すぐ不快になった。

「そりゃ、変態というやつじゃないか」

「そうかもしれません」

杢太郎は、性に潔癖な金之助のことを考えて、あとは続けなかった。

金之助のところには、『ニイチェ研究』を刊行した和辻哲郎が出入りするようになっていた。和辻は、文藝を諦めて、哲学の研究者になろうとしていたが、まだ文藝に未練を残していた。金之助は、その名前が、かつて『新思潮』で見たものであることに気づいて、潤一郎のことを訊いてみた。

「あいつは、天才です」

和辻は答えた。

「そうかい」

「ええ、私は谷崎にとてもかなわないと思って、創作を諦めたんです」

「ふうん」

金之助は、また、書肆から送ってきた本の山を漁ったら、潤一郎の『恋を知る頃』という妙に通俗的な題の作品集が見つかった。それをぱらぱらと読んでいたら、「恐怖」という短編があった。どうも私小説らしく、汽車恐怖症のことが書いてあった。金之助には、その心理がよく分かった。

潤一郎は、大正四年に結婚した。好きだった藝者と結婚したかったたが、旦那がいたので諦めて、その妹で、少し出ていたのと結婚したのである。だが、姉のような性の手管を持っていなかったから、潤一郎はがっかりした。翌年、娘が生まれ、鮎子と名付けたが、潤一郎は「悪魔派」を演出する意識もあって、子供など欲しくなかった、と随筆に書いた。

その年、金之助が京都へ旅して、磯田多佳に会ったと喧伝され、多佳は「文学藝者」としての名が高まった。潤一郎にすれば、

（ちょっ、俺のほうが先に会ったんだのに）

という気もしたが、そのせいか、それから以後久しく、多佳に触れることもなかった。

大正五年七月九日、上田敏が四十三歳で死去した。潤一郎は、十三日に、谷中斎場での葬儀に出か

けた。その時久しぶりに、金之助の姿を見た。数えで五十歳のはずだが、ずいぶん老けて見えた。

金之助は、その頃「明暗」を連載していた。潤一郎は、夢中になって読んでいた。これこそ、西洋の文藝の塁《るい》を摩《ま》すものだと思った。

だが金之助は、潤一郎について何も言ってくれなかった。もともと、同時代の文藝については、自分が世話した長塚節《たかし》などのほかにはあまり触れないのが金之助の流儀だった。それにその頃、潤一郎は、自分でも激しいスランプに陥っているのを感じていたから、仕方がないとも思った。

だがその年末の十二月九日、金之助は帰らぬ人となった。

（ああ、ついに……）

デビューして六年、潤一郎はついに金之助と言葉を交わすこともできなかったのである。

それから以後、潤一郎は、芥川とか久米正雄とかいった、最晩年の夏目さんのところへ出入りしていた連中と知り合い、夏目さんの話を聞くこともあったが、夏目さんは嫌いだという立場を通した。芥川は『明暗』が「老辣《ろうらつ》無類」だと絶賛していた。潤一郎は単行本になったのを繰り返し読んで、四十を過ぎて、不自然なところがある、と批判した。

芥川や佐藤春夫、今東光、あるいは武智鉄二や川口松太郎といった若い者が、潤一郎を崇拝していた。潤一郎は、自分が夏目さんにかわいがってほしかったのと同じかもしれないと思った。

関西へ移って、磯田多佳と話すこともあり、多佳は金之助の思い出なども話した。その多佳も敗戦の年に死んでしまい、潤一郎は「磯田多佳女のこと」という長めの随筆を雑誌に載せ、その後、それだけを収めた薄い本として刊行してもらった。自分のほうが金之助より先に会ったこともちゃんと書いたし、意地に似た気持ちもあった。

さらに十数年の年月が流れた。潤一郎は文壇の大御所になっていた。

その頃、高校の国語の教科書に、『こゝろ』が載って、妙に人の口の端に上るようになった。潤一郎は怪訝に思った。夏目さんの名作といったら『明暗』であろう。よりによって『こゝろ』なんて駄作をなんで持ちあげるのか。

座談会でその不満を口にしたら、武田泰淳が「分かりやすいからですよ」と言ってくれたから、そうか、と思った。

「日本の文学」という、改造社の『現代日本文学全集』以来の近代日本文学の叢書ものが、潤一郎と縁の深い老舗出版社から出るので、潤一郎はその編集委員の筆頭になった。川端康成、三島由紀夫、大岡昇平、伊藤整、ドナルド・キーンといった人たちが集まり、高血圧の病気のため休んでいた潤一郎は、最後の二回だけ編集会議に出たが、それも病気で潤一郎が休んでいる福田家で開かれた。

松本清張や今東光を入れるかどうかで、議論は白熱したようである。潤一郎は、東光を入れたかったが、どういうわけか、東光の友人のはずの川端が断固として反対して、入らなかった。

一人一巻、数人で一巻にまとめられる者、一人二巻は大物で、鷗外、漱石、荷風、藤村、秋聲、志賀直哉が二冊と予定されていた。

しかし、潤一郎だけが、三巻とされた。特別扱いである。潤一郎は、いささか狼狽した。そして、

「それなら、夏目さんも三巻にしなければ」

潤一郎は言った。ほかの委員も、編集者も、潤一郎は漱石が嫌いだと思っていたから、意外そうな顔をした。そして、二人だけが三巻扱いになった。

健三郎という新人作家が現れた。東大仏文科の学生だという。みなが騒いでいるから、潤一郎も読んでみた。端倪すべからざる才能だと思った。

ところが、どうも健三郎はスター気取りで、潤一郎が審査委員長をしていた美人コンテストに、飛び入りで審査員を務めたかと思うと、新聞で、半裸の娘たちを目の前にして恥を感じた、などと書いていた。

けっこう道徳家なんだなあ、と思った潤一郎は、つい、「気になること」という随筆で、健三郎の文章をやっつけた。すると健三郎は、世代による文章観の違い、ということを書いて、決して潤一郎に対する敬意は変わらない、などと書いた。

こう書かれたら、そうかいそうかいと仲良くなどできないではないか。困ったものだと、潤一郎は思った。その時、夏目さんも困っていたんだろう、ということが分かった。

潤一郎も老いて、かねてからの高血圧に加えて、病がちになってきた。右手が使えなくなり、代筆を頼むようになって久しい。そんなある日、かつて最初の妻を譲った年下の友人の佐藤春夫が、ラジオの録音中に急死した。潤一郎はさらに寂しくなった。

健三郎が出した新しい長編を読むと、こいつも難しいところへ来たな、と思った。盛んにサルトルとか実存主義とか言っていた。ある秋、新聞の下の八つ切り広告に、松浪信三郎、飯島宗享《むねたか》『実存主義辞典』という、東京堂出版の本の広告を見つけ、切り取っておいた。

翌年、潤一郎はついに入院のやむなきに至り、東京へ行った。新しく建てた湯河原の家へ帰ってきた。海がよく見えて、光って見えることもあった。

前に潤一郎の女中をしていた女が、結婚して、その夫が京都で書店を開き、潤一郎の作品にちなんで「春琴堂」と名づけていた。潤一郎は、取り寄せたい本は、この書店へ言ってやるのだった。七月の末、七十九歳の誕生日を二日後にひかえて、潤一郎は、はがきに「実存主義辞典・東京堂出版」とだけ、自筆で書いて投函した。

誕生日に、孫たちを迎えて、ワインを呑んだのがいけなかったらしい。潤一郎の具合は悪くなり、六日後の朝、急死した。
『実存主義辞典』は、間に合わなかった。

細雨
ささめあめ

駅のプラットフォームへ降りて、少しきょろきょろした。東京の西側だが、ちょっと下町っぽい、というのだろうか。乗ってきた電車が行ってしまうと、そちら側も見えたが、そこは古ぼけた看板が立ち並んでいて、その向こうに商店街のようなものがあるらしい。

倉持里沙《くらもちりさ》は、相変わらずきょろきょろと周囲を見回しながら、改札へ向かうのであろう階段を降りた。改札を抜けるとまた地上へ出たが、案の定そこは商店街だった。そして、真向かいに小さな書店があり、「日向山ブックス」という名のりをあげていた。その書店へ入ると、新刊書の棚があり、ふと見ると、小倉千加子の『「赤毛のアン」の秘密』の文庫版があった。あっと思って手にとり、開いて読み始めた。

ふ、と気づいて、腕時計を見ると、もう十分もたっていた。ひやっ、と汗が出て、これ、買うかどうするか、と値段を見たら、千円超している。ああ、どうしようと思ったが、帰りにしよう、と思い、本を元のところへ差すと、レジに立っていたおばさんに、立ち読みしてすみません、あとで買いますから、という心でおじぎをすると、外へ出た。

立ち読みの権利とは何だろうか。実はそれは、里沙の卒論の題目だった。

もちろん、明快な結論は出ていない。読者は、内容をある程度確認する権利がある。しかし、ほかの人が見たいと思うのを妨げてはいけない。立ち読みで全部読んではいけないだろうが、実際は図書館でなら借りて悠々と読める、そのこととの関連は、といったことを多角的に調査したものである。

いや……。

書店から出た里沙は、自分がどっちへ向って歩けばいいのか分からなくなっていた。駅から出て、そのまま左手へ歩く、と記憶していたのが、向いの書店へ入って出てきたから、さあどっちが右でどっちが左だか分からなくなってしまったのである。そこで、もう一度駅から出てくるところから始めることにして、駅の地上口まで行き、くるりと振り向いて、あ、こっちだ、と分かったのである。

三月の晴れた日だったから、さっきの汗にあわせて、歩いて行くとぽっぽと汗が出るような気がした。途中にブックオフがあったから、これも帰りに寄ろうと思った。それから左へ折れると踏切があって、そこから線路に沿って歩けばいいのだ。線路脇の道と線路の間には植え込みがあったが、さて、その線路が、いま自分が乗ってきた方か、それともそれよりさらに「あっち」なのか、里沙は考えようとしたが、歩きながらだと考えられない。

里沙は身長が一六五センチと、女としては高いほうだ。それでいて、童顔なのがアンバランスだと言われる。歩いて行くと、もうすっかり郊外といった感じになり、恐れていた東京の雑踏とは違っていて、里沙は安心した。

もう一つ向こうの踏切を渡る。何でもこの向こうには、松本清張が住んでいた邸があるそうで、別に里沙は推理小説は好きではないが、一度見てこようと思った。さて、その先が……。

突然、男の子が走ってきて、里沙に当たりそうになった。かするくらいはしたかもしれない。うわっと思って足を踏ん張ったが、後から追いかけてきた男の子も、全然里沙には気づかずに、ふざけて後を追っていく。こら、と注意する暇もなかった。どうやら、近くに中学校があるらしい。しょうがないなあ、と里沙が踵を返そうとすると、二人はこそこそっと何か言って、当たりそうになった男の子が、

「ああっ、すみません、おばさん！」

と大声で言った。

おばさん?!

里沙は、大学を出て二年の二十五歳である。おばさんはないだろう。

しかし、今日は社会人っぽいスーツ姿だし、中学生から見たらおばさんに見えるのかもしれない、と里沙は自分を慰めた。

と、見るとそこが、「如月図書館」で、その向こうに、公立の中学校があって、門の外をかわいらしい女の子や、やかましい男の子たちがわやわやしている。ああ、こういう子たちから見たらあたし

が「おばさん」に見えてもしょうがないかなあ、と思いながら、里沙は図書館へ入っていった。

里沙の実家は、茨城県の守谷《もりや》というところだ。常磐線の取手駅から、ディーゼル機関車に乗って一駅。江戸川学園という進学校へ行っていて、同じ高校へ行った兄は東大の理学部へ進んだが、里沙は筑波大の図書館情報学部という、以前は独立した大学だったのが合併したところへ進んだ。高校時代、小説を読んだり、自分で書いたりするのに夢中で、数学や理科や、これは恥ずかしいけれど英語の成績も悪かった。母や兄は、早稲田くらい受かるだろうと言い、東京へ出ることを勧めたのだが、何だかそういうのはミーハーな気がして、田舎の大学へ行って図書館員を目ざして、図書館員をしながら小説を書いてやる、と思ったのは、ちょっとした自己憐憫だったかもしれない。

筑波大学のキャンパスは、南北に縦長で、陸の孤島と言われたりしたが、そのさらに南に、しっぽのようにくっついているのが図書館情報大学で、だから学部もそこにあった。里沙は在学中に司書の資格をとったが、図書館員は司書でなくてもなれるせいもあり、希望者に対してポストが少なく、狭き門だった。卒業してすぐは図書館員にはなれなかったから、里沙は二年間、地元の高校で非常勤講師を務めていた。父も、地元の高校で日本史の教員をしてきた。

それが、この東京の公立図書館に仕事が見つかって、こうして移ってきたというわけだ。高校では、専任にならないか、という話もあった。いや、里沙が特に優秀だとかいうことで言われたのではなく、たいていの人は言われるのだが、専任になって担任を持ったりすると、入学式、卒業式から、文化祭、合宿などにまで参加しなければならなくなり、それでは本を読んだり小説を書いたりする時間がとれなくなると思った。

そう、里沙は図書館員をしながら小説を書いてデビューするのが夢だったのである。それと、男子高校生というのはやっぱり怖かった、というのが正直なところである。

それが、いきなり図書館の前で男子中学生に遭遇して、隣が中学校だなんて。

里沙は、人間より本のほうが好きだ、と思う。夢の中でも、人間が本の姿で出てきたりする。かといって、図書館員は本だけ相手にしているわけではない。一種の客商売である。大学図書館なんかでは、相手があらかた学生だということもあって、えらく無愛想な図書館員もいるが、公共図書館では、あまり無愛想だと怒り出す人もいるという。税金払ってんだぞ、というわけだ。大学だって学生は授業料を払っているのだが……。

如月図書館の館長は内田さんという五十代のおばさんだったが、この人はあまり表へ出てくることはなく、働いているのは全部で十二人、男はうち二人だけだった。

里沙は、この近所に部屋を借りて住むことにした。それまでは、大学も、勤務先の高校も実家から通っていたので、不安があったし、両親も心配した。暗くなったら外へは出るんじゃないよ、などと言われた。

平田山の駅前は、線路沿いと、駅前に線路に直角にできた二筋の商店街がある。直角の商店街をまっすぐ行くと、井の頭通りという大きな通りへ出て、そこは五叉路になっていて渡るのが難しい。そこを渡って右手へ——ああ、もうこれで里沙にはどっちが東でどっちが西だか分からなくなるのだが——行くと、どうやらそのあたりが住宅街のようだ。

高級だか中級だか分からないが、マンションが多く、何でもこのあたりは、沿線にある東大教養学部の学生が住んでいる率が高いそうなのだが、それで駅前の書店には、レヴィ＝ストロースの難しい本なども置いてあったのか、と里沙は思った。

駅前の不動産屋へ入って、月八万円くらいで、ワンルームでも、ということで探して貰うと、そのマンション街のさらに裏手へ案内された。なるほど……。昭和という感じの古アパートがぽつぽつ建っていた。同じアパートに変な男子学生とかがいると嫌だな……と里沙は思ったが、どこへ行ったって変な男というのはいるものだから、というので、大学生気分になって、月八万六千円のワンルームを借りることにした。東京というのはもっとビルが立ち並んだところかと思っていたが、そのへんは木々も多く、近くには畑さえあって、田舎者の里沙には好ましく思えたのだ。

実家が茨城県の南部というのは、妙に中途半端なものだ。東北とか西日本とか、きっちり地方から出てきたなら、あとは安ホテルにでも泊まるところだが、里沙の場合は、その日帰ろうと思えば帰れる。けれど遠い。小説でも、主人公は東京に実家があるか、地方から出てきたかのどっちかで、ドラマならさらにそうである。これから恋愛劇が始まろうという夜八時ころになって、実家が遠いので帰る、などというヒロインがいるだろうか。

というわけで、里沙はその日は実家へ帰った。危うく駅前の書店で『「赤毛のアン」の秘密』を買い忘れるところだったが、忘れずに買った。電車の中でさっそく読み始めたが、取手へ戻ったころには、小倉千加子が語る陰惨なルーシー・モード・モンゴメリの人生に、いささか暗い気分にさせられていた。

そのあと平田山へ行ってアパートへ入り、自転車を買った。引っ越し荷物というほどのものはなく、段ボール二箱に詰めた本や衣類を母に宅配便で送ってもらい、ほかの家具は現地調達した。

二週間は研修期間ということで、里沙は「研修生」という名札をつけて、カウンターに出た。

「とりあえず客商売みたいなつもりでやって下さい」

と、研修の担当になった水内《みのち》さんは言った。

図書館員は全員「司書」だと思っている人がいるようだが、そうではない。それどころか、図書館の現場では、大学を出た「司書」は使いづらい、という考えを持っている人もいて、司書資格や図書館学で学ぶ時のたてまえである、書籍に関する深い知識、書物への愛、などといったものは、現実の公共図書館では、ひととおり分かっていればいいので、むしろ利用者に対する対応の仕方が問われるのである。

その点、司書資格を持っている人などは、利用者（客）対応が悪く、無愛想だったりして、別に大学生でも大学の先生でもない一般の利用者を怒らせてしまったりもするから、使いづらい、とされているのだ。

昔の図書館というのは、利用者は書棚を見て本を選ぶか、目当ての本を探す時は、大きなカードが入った箱形のボックスから引き出してぺらぺらとカードをめくらなければならなかった。もちろん、パソコンの導入によってそういうことはなくなっていったのだが、先に普及したのは図書館内パソコンで、少し前までは、利用者は図書館へ来てから調べものをしたのだが、今では、自宅のパソコンとかで調べて予約まで入れてくる人と、図書館へ来て調べる人、図書館員に尋ねる人などがいるが、書名を言ってあるかどうか尋ねるような人はパソコンで調べるから、図書館員に尋ねる人というのは、

「えーと、アダルトチルドレンとかいう本はありますか」

などと、茫漠たることを訊いてくる。これはレファレンスの領域だから、図書館員としては調べてあげればいいことだ。

だが中には、おばあさんが、今朝の新聞広告の切り抜きを持ってくることもある。それは新刊なので、まだ入っていない。

さらに茫漠たるレファレンスもあって、

「あー三十年くらい前に読んだんだが、鎌倉幕府の初期のころを描いた、頼朝が死ぬ時に『クロー』と言った、という場面がある小説を探しているんだが……」

と言ってきた五十年輩の人がいた。これは難儀して、あれこれ調べたが見つからず、一ヶ月ほどして、大塚清春という人の小説であることが判明した、ということもあった。これは国立国会図書館に入っていなかったので、分からなかったのだ。

国会図書館は、二〇〇二年十月に、明治期以降の所蔵図書をすべてウェブ上で見ることができるようにして、これで図書館界のみならず学問の世界も画期的な進展をとげることになる。ところが、国会図書館には何でもあると思っている人がいて、実際は抜けているものもあるのだ。

初めての一人暮らしは、やはり寂しかった。朝と晩の食事を作るのもさることながら、その中味を考えるのがつらく、やっと作っても、それを一人で食べていると、泣きそうになった。

結局は、週に一度くらい、のつもりが、夕飯のあとで五日に一回くらい、母に電話して近況を話すことになってしまった。普通は友達に電話するところだけれど、里沙には、特に用事がなくても電話して話す、といった友達が少なかった。これというのも、人間より本のほうが好き、という性格のゆえで、図書館情報学部というようなところへ行けば、本好きな人が多いかと思ったが、そうでもなかった。

同じアパートの住人には、若い男の一人暮らしもいるし、あまりアパートづきあいはしないようにと母からも言われていたので、控えていた。ああ、これが東京砂漠ってやつなんだなあと思った。テレビドラマなんか観ていると、一軒の邸宅に間借り人がいろいろ集まってばたばたしたりするし、最近の小説（いや、古いものでも）なんか読んでいると、商店街とか住んでいる周辺とかで人間関係ができていくものだが、現実は小説やドラマのようにはいかないもんだなあ、と思った。

如月図書館には、うわ、と声をあげるような美人の図書館員さんもいた。衣笠さんという、四十代くらいの人だ。年輩の女性はみな夫さんがいて、電車で通ってくる人が多く、シフトもさまざまなので、帰りにみんなで食事でも、というようなことはなかった。男の人二人は、のっぽと肥満型で、どちらもイケメンとは言えなかった。ということは……。

（職場恋愛とか、不倫とかが発生しないように配置してあるのかな）

と思った。この二人相手では、里沙も特に恋愛感情は起きないだろう。あっちが起こすこともあるまいけれど……。

雨の日は、傘をさして自転車に乗るのも大変だし、歩いて行くにはちょっと遠いので、オレンジ色の合羽を買った。

図書館にとって、雨の日はある種、魔日である。雨の日は来館者自体が少ないが、それでも来る人の中に、本の返却をしに来る人があり、その本が雨のために少し濡れていることがあるからだ。以前は、まあ雨だし少しくらいしょうがない、という扱いだったのが、

「上のほうがうるさくなりまして」

と館長が言い、弁償して貰うことになった。といっても、もう新刊書店で売っていないような古い本は、原理的に賠償はできないから、新しい本を汚した人が損をすることになる。それで、雨の日に返しに来て、少し濡れたために、弁償してもらう、と言われて激昂した人がいたのだ。

桐原さんという、静かな目をしていつも落ち着いている女性館員が対応していたのだが、相手が激昂しても少しも騒がずに対応するさまは見事だった。

「じゃあ、雨の日は返しに来るなっていうんですか！」

と言い、実際濡れたといってもちょっぴりで、ざんざん降りでもなかったから気の毒だったので、図書館員によっては見逃してしまう人もいただろう。

しかし、桐原さんは、冷たい目をまったく動揺させることなく、

「雨の日でも濡れないようにして返してくる方はいらっしゃいますよ」

と言ったから、裏手で聞いていた者たちは、言ったあ、と思ったものである。

こちらから言えば、その桐原さんの毅然とした態度に、その利用者さんはついに折れて、本を弁償したのである。

「宇留野《うるの》先生も桐原さんには勝てなかったわねー」

と、石割さんという、これも四十代くらいの女性が言うから、

「先生?」

と里沙が聞き咎めると、

「あの人、ほとんど毎日いらっしゃるのよ。作家の先生なの」

と言う。里沙は、あ、宇留野伊織、と言った。

「知ってるの?」

「はい」

五十歳くらいだろうか、芥川賞候補になったこともある人だが、元は大学の先生だったはずだ。髪はぼさぼさで眼鏡をかけて無精ひげをはやしていた。

「東大の教授だったのが、辞めちゃった人でしょ?」

と、聞いていた山内さんが口を挟んだ。

いや、教授ではなかったと思う。しかし里沙は、文学関係についてあまり知識があると、感心されてしまい、それがいくらかは先の「学のある人は……」といった見方につながるので、それ以上言うのを控えた。

「この辺は作家の先生が多いのよ」

と、石割さんが言う。

「ここの裏手は、ほら松本清張さんが住んでいて、今もご家族が住んでらっしゃるし、駅のほうへ行くと、あ……あ……、何だっけ」

阿刀田高だな、と里沙は思った。

その夕方、自室へ帰ると、里沙はさっそく「宇留野伊織」についてネットで調べた。元学者だから、文学評論のようなものの著作が多く、小説は二点だった。その年四十九歳になるようだ。

さすがに、生の「作家」が図書館へほぼ毎日来るということで、里沙は興奮していた。だが里沙は、著作を読んだことがあるわけではない。図書館員といえども区民だから、自分の図書館で借りることはできるが、それだといかにもミーハーで（というかミーハーなのだが）恥ずかしいから、書店かブックオフで探して買うことにした。

翌朝、十時になるとさっそく自転車で書店へ行ったが、小さな書店なので、新書が一冊あるだけだった。それも、英語勉強法ものだったから、ぱらぱらとめくって、これはあとにしよう、と思った。それからブックオフへ行った。ここは前に一度様子を見に寄っているが、やはり新古書店であって、里沙などは古書店では、中勘助『母の死』の角川文庫版などという古いのを見つけるのが好きだったので、あまり収穫はなかった。

新書の棚へ行くと、以前ベストセラーになった宇留野の『さえない男』というのがあったから、これを手にとった。その時、

（ほぼ毎日図書館へ来るのが村上春樹や島田雅彦や川上弘美だったらすごいだろうな）

と考えた里沙は、まるで自分が、田舎であまり知られていない芥川賞作家（というのもいるのだ）の講演に集まる人びとのようにわびしい気分がして、ちょっと落ち込んだ。しかしそれで落ち込むというのも宇留野に対して失礼な話だが、まあしょうがない。だがそんなことを考えた詫びにもう一冊買おうと、左手の、新刊小説類のあるところへ行った。ところで、文庫版でないものを何と呼ぶかといえば、普通は単行本である。しかし「単行本」というのは、シリーズものの対義語《ついぎご》であり、個人全集はもちろん、「日本文学全集」の類も単行本ではなくなる。それどころか、出版社がシリーズものとして売り出した、おのおのは一人一人の単著であるものすら、単行本ではなくなる恐れもある。平

凡社の「イメージ・リーディング叢書」とか、河出書房新社の「ものがたりうむ」といったものだ。それどころか、児童文学の場合、たいていのものが「ともだちとなかよし」とかいったシリーズ名のもとに刊行されている。

ハードカバー、かというとそうでもない。ハードカバーの対義語はペーパーバックで、ノベルスはもちろんペーパーバックだし、四六判などでもペーパーバックで出る本はある。

まあそれはいい。見ると、宇留野の小説『暁敵』があった。確か、女に振られて精神を病んでしまう話の、私小説っぽいもので、これで芥川賞候補になったのだ。

この二つを鞄に入れて図書館へ行って、それが誰かに見つけられて、うわー倉持さんってばミーハー、と騒がれる、なんてことはあるわけがない。

図書館員は勤務中に本を読んでいいのか、ということを里沙は気にしていたが、何のことはない、カウンターに出ている時も奥にいる時も、やるべき仕事はたくさんあって、本など読む時間はなかった。雨の日でも利用者は多く、それでも暇な時は、図書館の本に利用者が鉛筆で書き込みなどしたものを、丁寧に消しゴムで消すという仕事があった。これは存外楽しくて、消しながら、あ、この人こんなところに線を引いている、と思いながらわりあい勉強になるからである。

その日も、十二時過ぎに宇留野はやってきた。

「なんで毎日やってくるんですか」

と里沙が石割さんに訊いてみると、

「調べものでしょう」

と言う。

作家というのは、学者じゃないのだから、ひたすら自分の空想を書き付けているのだと思っている人もいるが、歴史小説なら調べものがあるのは当然で、こんな地方図書館ではまかなえないような史料調べもある。宇留野は作家とはいっても、学者七分に作家三分くらいの割合だろうから、調べものが多いのは当然だ。

ところで、東大の教授だと思われていた件だが、昨日調べ直したところでは、大阪の大学助教授だったのが、同僚ともめて辞め、東京で非常勤講師をしており、東大の駒場でも教えていたのが、これまたトラブルがあって辞め、今は筆一本になっているというのが本当のところらしい。

二十年くらい前には、本を出すというのがよほど儲かると勘違いしている人がいて、「学者になって本の二冊も出せば左うちわだもんね」などと学生が言っているのを聞いたエッセイストの岸本葉子さんが怒って、「本の二冊で左うちわなら、私など蔵が建っている」と書いていたことがあった。

実際しかし、三十年前にくらべて、本は売れなくなっている。不況と、インターネットの普及のせいで、そこへ、公共図書館でベストセラー小説を何十冊も揃えていることから、図書館は無料貸本屋か、という批判が再燃していたところだった。もう十数年前にそういう批判があって、一時下火になっていたのが、文藝の大手出版社が、新刊書を多数図書館で買いそろえるのはやめてほしいと発言したためでもある。実際里沙も、ハリー・ポッターや村上春樹の新刊みたいなのが何十冊も買われて、それを待っている人が何百人もいるという現状には疑問を感じている。その予算で、なかなか手に入らない高価な学術書を備えておくべきではないかと思っている。もちろん、図書館内ではまだそういうことは言っていない。

平田山駅を出たところにある飲み屋には、井伏鱒二の色紙が掲げてあると聞いたが、何しろ昔風の飲み屋で、里沙は入ったことはない。しかし、井伏鱒二と聞いて、里沙は白藤先生のことを思い出した。大学の近代日本文学の先生だった人で、著書も多かったので、里沙は期待して授業に出た。だが文学というより政治活動に熱心な先生で、原爆文学にも熱を入れていた。ところで井伏の『黒い雨』も原爆小説だが、これは重松という人が書いた日記をもとにしているという話があって、ちょうど猪瀬直樹の太宰治伝『ピカレスク』が出て、太宰が「井伏さんは悪人です」と言ったというところから、井伏は他人の日記をもとに『黒い雨』を書いたとか、直木賞をとった『ジョン万次郎漂流記』もネタ本があるとか、「山椒魚」でさえ、ロシアの作家のものが下敷きだとか書かれていて、驚いたものだが、太宰の「走れメロス」はシラーの詩が元ネタでほとんどそのままだったり、今だったら盗作騒動が起きるだろうなあと思ったのだが、白藤先生というのはとにかく井伏擁護派で、広島の豊田という人が昔から井伏を批判しているのに対して、額に青筋たてて反論し、豊田をちょっとでも認めるやつは許さんという感じだった。

しかし、井伏が重松の日記に基づいて書いたのは事実なのだし、その頃『重松日記』は刊行されていて、調べると細かいところも使っているので、何だか変だなあと思っていたし、白藤先生は見当違いな方面まで攻撃していた。

宇留野は、ほかの利用者とトラブルを起こすこともあったようだ。といっても宇留野が悪いのではないようで、この図書館には、カウンターから離れたところに閲覧のためのテーブルが三脚置いてある。丸いのが二つに長方形のが一つである。区内の隣の図書館などでは、間仕切りを挟んだ対面式机になっていて、みな自分が選んだ机にかしこまって座る形になるから、概して静かだが、ここのテーブル式のだと、中学生や高校生の男子、女子が友達三、四人でやってきて勉強を始めることがあり、そうなるとどうしてもおしゃべりが始まる。もちろん、勉強について何か訊いて答えるといったこともあり、これはたまに、大人でもやる。

図書館の机というのは、図書館の収蔵図書で調べものをするためにある。だが、学校の勉強やその他、自宅でやるべきものを持ち込んで勉強している人もいて、図書館としては、黙認している。コピー機もあって、これも、図書館の資料をコピーする（もちろん著作権の許す範囲内で）ためのものだが、自分の手持ち資料を持ち込んでせっせとコピーしている人がいる。これは、あまり分量が多く、後ろで待っている人から苦情が出たりすると、館員が注意しに行くことも、希にではあるが、ある。

だが宇留野は、教師だったからか、そういう軽い不正行為が許せないのである。声を潜めてしゃべっていても、確かに一人で調べものをしていると気に障るものだ。これは、あとで聞いた話を総合しているのだが、宇留野も、少しは我慢して様子を見る。それでもおしゃべりがやまないと、

「静かにしろっ！　話がしたいなら外へ行ってやれ！」

などと叫ぶのである。あるいは、コピーしている人の、複写物をじっと見ていて、図書館外の資料だと注意するとか、である。

大声をあげるほうは、図書館員にも聞こえるから、みな、ひやりとする。もっと優しく言ってもいいのに、と思う。だが、これがトラブルに発展したのは、子供相手の一回だけらしい。

黒人と日本人のハーフの兄弟がいて、兄が十二歳くらい、弟が七歳くらいだろうか。丸いテーブルに二人が座り、本を見ていたのだが、つつき合ってふざけていた。その間に、声も出る。その向いに宇留野がいたからたまらない。

「騒ぐんじゃない」

と宇留野が言った。大きな声ではないが、威圧感のある声だ。普通はこれでおとなしくなる。だが、ハーフだからか、兄のほうが気が強く、

「騒いでません」

と、言い返した。

宇留野は、あとで分かったが、子供だからといって子供扱いしない、という信念を持っていたから、

「騒いでるじゃないか」

と言い、弟のほうがぐずぐずと泣き出して、そのまま子供たちが去って行ったということもあった。

あるいは、やはりテーブルで、目を血走らせて何か勉強していた（資格試験の準備でもあったろうか）男の向かいに宇留野が座り、ちらりとその男を見たところ、男がいきなり、

「なんだお前、何見てんだ」

とからみ始めた。宇留野も驚いて、「いや、見てませんよ」と言ったが、男は、いや今見ただろう、こっちをちらっと、と言うので、そりゃあちらっとは見たけれど、と言うと、男は目を三角にして、

「それが見たってことなんだよ、なんだバカにしやがって」

と大声を出した。宇留野は、「回りの人に迷惑だから大声はやめてください」と言ったのだが、男

は、

「よし、じゃあ表に出ろ」

と言う。これでは喧嘩だ。宇留野はカウンターへ来て、端のところに出ていたのっぽの男性館員の浜崎さんに訴え、浜崎さんは怯えつつ、その目の赤い男のところへ行って、まわりの方の迷惑になりますので、と言い、男もおとなしくなった。

どうも宇留野の雰囲気が悪いのか、里沙はその著作を読んでいて、やっぱりこれは攻撃的な人かもしれないと思った。

里沙は、例の「複本問題」が気になったので、雑誌などの論文を探して読んでみたが、

（ああ、やっぱり……）

と思って少しがっかりした。

というのは、図書館関係者、ないし図書館学者は、たいてい図書館を擁護している。利用者のニーズに答えるのが公共図書館の役割だ、などと言う。それはまだいいのだが、図書館がベストセラー本を多数買って、数百人が待っていても、それを図書館が買わなくなって、そういう利用者が買うかといえば、買わない、と主張している。これもまあその通りなのである。実際、二百人とか七百人とか待っている、その待っている利用者に対応することもあるから分かるが、

「いつ頃になるんでしょう」

とその利用者が訊いて、こちらとしては控えめに、

「一年くらい先になるかもしれません」

と言う。実際は、一人二週間借りられるのだから、年間五十人回るとして、五百番なら十年先になるのだ。実際には十年待つ人などはいないだろう。こういう利用者たちは、いま話題のあれ、だから待っているのであり、時が過ぎて話題のあれ、でなくなれば、もう興味はなくなり、予約したことも忘れてしまうか、予約を取り消すだけであって、「あと一年」と言われて、「じゃあ買いましょう」と言った人はいない。

里沙は、そういう利用者に応対する時、心を空っぽにする。そうでないと、その人を見る目に軽蔑が混じってしまうかもしれないからだ。

ベストセラーを予約して待つ人は、本当に読書が好きな人ではない。むしろ、隣の中学校から来る生徒たちがラノベを借りていって熱心に読んでいる、そのほうがよっぽど読書好きなんだと言える。ベストセラーを数百人待ちしている人を目の前にすると、里沙は、やっぱりちょっとつらくなる。

もちろん、そんな利用者ばかりじゃなくって、宇留野もその一人なのだが、宇留野の場合は、本を読むために借りるんじゃないのである。ほとんど毎日来て、五冊から十冊くらい借りて、その場で数

冊返して、翌日はまた数冊返すというサイクルだから、調べるために借りているので、必要なところだけ見ているのだ。

図書館員の中には、それが分かっていなくて、あまりにたくさん予約していると感じて、「全部お借りになりますか?」などと訊くことがあって、宇留野は「もちろんです」などと答えている。そういうのを漏れ聞いてしまうと、あ、分かってないんだな、と里沙は思う。

利用客は、だいたい入って来て、近いほうのカウンターの前に立つ。宇留野も例外ではなく、そこがふさがっていれば次へ行く。カウンターは三人分あって、いつも満員というわけではなく、図書館員が二人しか出ていないのに、さらに利用者が来ると、手元のベルを押して奥から人を呼ぶ。

だから、里沙が宇留野の担当になることはあまり多くないのだが、六月のある昼ごろ、たまたまその機会があって、パソコンで予約を確認した里沙は、すぐに奥の部屋へ駆け込んだ。ところが、毎日来る宇留野だから、姿を見たとたんに、石割さんが、宇留野の予約している本を六冊ほどすぐに持ってきて、里沙のいたカウンター脇に置いておいてくれたのである。宇留野はすぐそれに気づいて、大きな声で、

「倉持さーん、ここにありますよー」

と叫んだので、里沙は、いきなり名前を呼ばれたことに驚いて、顔を真っ赤にしてカウンターへ

戻ってきた。図書館員は胸に、姓をひらがなで書いたプレートを付けているから、利用者が名前を知るのはおかしくないのだが、こう、名前を呼ばれるのも珍しい。一方では、宇留野が自分の名前を覚えていてくれたんだな、とも思ったが、やはり、恥ずかしかった。

それから二、三日あとのことだろうか。図書館は平日は八時まで開けている。だから遅番になると、夕食をとるのが遅くなり、みなお腹《なか》ふさげにお菓子なんか食べている。中には、サンドウィッチとか持ってきてささっと食べてしまう人もいる。

里沙は、その日が遅番で、でも何も食べるものは準備して行かなかった。終わってからでも大丈夫と思ったからだ。だが、その日は終わってからのミーティングが長くなり、おなかがぐうぐう鳴り始めて、人に聞こえているんじゃないかと汗をかいた。

やっと解放されて外へ出て、自転車に乗った里沙は、これは帰って何かを作るのはムリだ、と思い、外食することにした。平田山駅は、表側に対して南側の裏側に、食べもの店街がある。といっても狭い通りで、呑み屋みたいのが多いのだが、そこに、割と新しい中華料理店の「アララギ」というのを発見して、名前も短歌雑誌みたいで、一度入ってみようと思っていたのだ。

自転車をこぎ出すと、ふわあっと、涼しい風が来た。うわあ。

「春は曙」なんてものじゃなく、初夏の蒸し暑い日に、存分に仕事や勉強をして、夕方外へ出て適度に涼しい風が吹いてくるのは、まことに一年で最高の時である、と里沙は思った。

「アララギ」へは、鉄道脇の通りをまっすぐ行って、踏切の脇のお茶屋さんのところから狭い路地へ入って行く。駅のすぐ脇の踏切を過ぎると、ある。自転車を置いて、中へ入り、喫煙できる店だったことに気づいたが、まあいいか、と思って、ふと左手を見たら、そこで煙草を喫っていたのが、宇留野だったから驚いた。

（あっ）

と里沙が思った気配で、宇留野がこちらを見て、バチリ、と目があった。

「先生」

と言ったまま、宇留野の向かいの席へ、すうっと、魔法にかかったように、里沙は座ってしまった。

「こういう場所では、はじめましてだね」

と宇留野は言って、紙巻き煙草を灰皿に押し付けて消した。里沙には、宇留野は何だかパイプをくわえているようなイメージがあったから、ちょっと意外だった。

「夕ご飯ですか」

「うん、今日は妻の帰りが遅いんでね」

妻、と聞いて、里沙は何だか胸がぎゅっとなった。宇留野の妻が検事であることはネットで見て知っていたのだが。

ウェイトレスが里沙の脇へ来た。

「あっ、せ、先生は何を召し上がるんですか」

「チンジャオロースとラーメン」

それはまた脂っこい組み合わせだ……。里沙は、酢豚ライスを頼んだ。

「ウェイトレス、っていいのかな」

と宇留野が言うから、「へ？」と訊き返すと、

「ほら最近、スチュワーデスとか言っちゃいけないとか、校閲がうるさいんだよ。ならウェイトレスもいけないのかな、って」

「ああ……。先生は言葉狩り、反対ですもんね」

「うん。『女性の看護師』とか、作家でも、書いてるんだか校閲に直されるんだか、書いてるやつがいる。筒井康隆だけは看護婦ってしてたかな。だから私は『弁護婦』とか『消防婦』とかやってやろうと思って」

うわあ、これは宇留野だ。作家っぽい。

宇留野は大学を辞めてから、私塾を開いていて、以前は平田山会館などで英語や世界史を教えてい

たようだが、今ではメールなどでの小説指導だけになっている。

「ところで倉持さん、下の名前は何なの？」

と訊かれて、里沙はまたどきどきしてしまった。

「里沙です。里に、砂の、さんずいのほう」

「ああ」

「沙」を口頭だけで伝えるのは難しかったりする。「すくない」と言うと、人は却って混乱してしまう。だが、この説明で宇留野にはすぐ分かった。

「大学は？」

「……あ、図書館情報大学で……」

宇留野は首をひねって、

「そんなに前の卒業？」

と言ったから、

「あ、すみません、それが統合されたあとの筑波です」

「あ、そう」

里沙は、出身大学を訊かれて、合併して筑波大になった、というところが何か嫌な感じがして、いつも図書館情報大、と言ってきた。みな、へえ、と聞いていたが、とっくに筑波大に合併されたはずだというところを突いてきたのは、宇留野が初めてだった。

そこへ、宇留野のチンジャオロースとラーメンが来て、「じゃお先に」と言って宇留野はがつがつ、と食べ始めた。

「あのー、ちょっとうかがってもよろしいですか」

「うん?」

「ベストセラーの複本問題ってありますよね」

「ああ。灘潮社の社長が何か言ってたね」

「どう思われます?」

宇留野は、食べるのを一時やめて、

「まあ私も昔は、ベストセラーたくさん買い込んで、とか思ってたけど、あれ、買わないからって予約してる人が自分で買うってことはないと思うんだよね」

里沙は、気になっている、論じる人の立場で言うことが違う、という話をした。というのは、図書館の人に話しても、それはやっぱり図書館の人だから図書館側に立って言うか、さらっとかわされてしまうからだ。

「それはそうだろう。学者の世界だってそうだよ。この人はなぜこういうことを言うのか、と思ってたどっていくと、単に学閥の問題だったりする」

「そうですか……」

ちょっと里沙は気落ちした。

「図書館学界で、水川って大物がいるでしょう。著作集も出している」

「ええ」

そんな人まで知っているのか、と里沙はちょっと驚いた。それを感じたのか、宇留野は、

「いや、私がエッセイを連載している雑誌に、よく著作集の広告が出ているから」

「あ、知ってます」

「ああ、図書館の人なら読んでるかもね。あれ、誰も読んでないみたいなんだけど」

「読んでますよ」

ちょっと、沈黙が流れ、その間に、里沙の食事が来た。

「……まあその、水川って人の意向にみんな従ってるみたいね」

「ええ」

「その、ベストセラーを買うカネで学術書を買うべきじゃないか、って点には誰も答えてないね」

「そうですね」

「それはまあ、私もちょうど書くつもりでいたんだけど……」

「学術書を買うべきだ、ってことですか」

酢豚ライスに口をつけながら、里沙が訊いた。

「うん。でもまあ、誰も答えないだろうな。都合が悪いことは、世間の人は答えないから」

食事が済んで外へ出た。里沙はもう少し宇留野と話したかったから、帰路は一緒になるかと思ったが、宇留野は、ちょっと最近お腹が出ているから歩いて帰る、と言い、里沙はそのまま自転車で帰宅した。

考えてみたら、図書館の人以外と口を利いたのは初めてに近いかもしれない。友達とはメールで済ませてしまうし、口を利くってのも大切だなあ、と思いつつ、里沙はそれからはまだ読んでいなかった宇留野の本を読み、図書館で宇留野を見かけると、笑顔でお辞儀したりした。

ところがその数日後、変なメールが届いた。栗本喜一郎という男で、何のことはない大学の同期生である。まあ端的に言うとちょっと変な人で、学科のちょっと美人の女の子が、言い寄られて困っている、といったことが二度ほどあった。

卒業後は、地元のおしぼり配達会社か何かに就職したはずで、当人としては不本意なことだったらしい。その栗本が、「今度の日曜日、東京へ出る用事があります。どこかで食事でもしませんか」と言ってきたのである。

もちろん、別に親しかったわけではない。うざい、と里沙は思い、忙しいから、と言って断ろうとしたが、魔が差したのであろうか、「その日は作家の宇留野伊織先生と食事の予定です」というメールを送ってしまった。あとになって、私はあんたなんかとは違う世界に生きてるのよ、と言いたいがための無意味な、というか有害な嘘だった、と深く悔いることになるのである。

だが栗本は「昼ですか夜ですか」と訊いてきた。面倒になった里沙は、

「両方です」

と答えてしまった。

その、次の日曜日、別に用事もない里沙は、自宅で読書などをしていた。栗本のことなどすっかり忘れて、ピンポーンと呼びりんが鳴った時、本を片手に、ついドアを開けた。立っていたのは栗本で、
里沙は呆然として後ずさりした。

「嘘ついてましたね〜」

と栗本は言った。里沙は、なんで住所まで分かったのか、と考え、そういえばここの住所が決まった時、メーリスで流したことに気づいた。卒業生のメーリスも使ったのだった。

「あ、いえ、ちょっと、予定が変更になって……」

「じゃあ僕と食事しましょうよ」

と言いながら栗本は靴を脱いで部屋に上がりこんだ。里沙が青ざめて、何か防御するものはないか、目をちらちらさせて探っていると、栗本はいきなりスマホで里沙の写真を撮った。

「ちょっ、やめてよ！」

と言いつつ、刺激してはいけない、説得して帰ってもらおうと思い、自室へいざなって、座布団を置いた。

妙に自然に、栗本は座布団に座り、

「僕は、心配したんですよ」

と言った。

「何をですか」

里沙も、その段になって、自分も座布団を敷いて座って正対した。

「だって、宇留野とかいう中年作家と食事だなんて。不倫してるのかと思って。渡辺淳一じゃあるまいし」

「いえ、そんなことはないです。宇留野先生は図書館へよくいらっしゃるので……」

「それで、僕と会いたくないがために嘘に利用したと、いうわけですか」

なんで二人はこんな丁寧語で話しているのだろう、と里沙は思ったが、そうでないと何かが崩れるように思ったからである。

「一人暮らしはどうですか、寂しくないですか」

ここで「寂しい」などと言ったらつけこまれると思ったから、

「いえ、充実しています」

と答えた。

「図書館で彼氏でもできましたか」

「いえ、そうではないです」

「そうですよね、日曜日の昼間から家にいるんですから」

別に彼氏がいたら日曜日ごとに出かけるわけでもあるまい。

「僕は寂しいです。大学時代は良かったと思っています」

「……そうですか」

「大学には倉持さんがいたし」

「……そうですか」

「倉持さんがいないと僕は寂しい」

お昼がまだだったのでお腹がすいてきた。だが、そんなことを言ったら、じゃあどこかへ食べに行きましょうと言われるだろうから、黙っていた。

黙っていると、栗本の顔が赤くなってきた。

「あなたは、泉さんが好きでしたね」

と、里沙が先制攻撃をした。栗本がいちばん熱心に言い寄っていた美人の学生である。

「え、はあ」

などと言っている。

「こんな、突然家に押しかけてこられたら困ります」

と、決めつけた。

「くく、倉持さんが好きなんです」

と言った栗本は、いきなり里沙を押し倒した。

「わっ」

悲鳴をあげた里沙は、右脚で相手の腹部を蹴り上げた。

「ぐうっ」

といって、栗本は股間をおさえて海老のようになって転がった。ううう、と唸っているから、

「だ、大丈夫?」

と、里沙が声をかけても、相変わらずうーうー言っている。

「救急車呼ぶ?」

と言うと、

「やめて」

と絞り出すような声で言いつつ、入口のほうへはいずっていった。

それは何だか、ホラー映画『リング』の逆のような光景だった。里沙は、なすすべもなく呆然と、靴をつかんでドアから出て行く栗本を見送っていた。

何とも気持ちが悪くて、三十分ほどぼうっとしていて、ドアの外を見たら誰もいなかったから、閉めて机につっぷした。

大学時代の、栗本を知っている友人に話すのは、今の段階ではどうかと思うし、いくらかパニックになっていた里沙は、ウェブサイトから宇留野にメールしてしまった。するとすぐ返事が来て、電話番号を訊かれたので、携帯の番号を教えると、またすぐ掛かってきた。暇な人なんだな……。

固定電話からのようだった。押し倒されて腹部を蹴ったつもりが股間を蹴ったらしく苦しんで逃げ

て行った、と話すとゲラゲラ笑って、

「まあしかし、それで済んだなら良かった」

と言った。里沙は、外でまだ栗本が潜んでいるかもしれないので、外へ出るのが怖い、と言った。

「そうだねえ。近所だったよね。どのへん？」

ほどなく、ピンポンと鳴った。ドアのレンズから覗くと宇留野だったから、開けると、

「まあ自転車で見て回ったけれど、特に怪しい男はいないねえ」

と言った。

宇留野に、上がってくださいと言ったのだが、

「えっと、いや、俺だって男には違いないんだし、まずいでしょ。妻は今日出かけてるし」

奥さんが出かけていると何だというのか、はよく分からなかった。

「警察に届けるべきかな」

と言うので、

「それはまだ、ちょっと」

と里沙が言うと、宇留野は携帯を取り出したから、１１０番するのかと思ったら、どうやら奥さんにかけているらしい。

「やっぱり、微罪のようでも、また来るかもしれないから、届けておいたほうがいいって」

「奥さん、検事なんですよね」

「うん」

栗本が逮捕、いや事情聴取されて、ということを、いくらか嫌な気分で里沙が考えると、

「落合恵子の『ザ・レイプ』ってあるでしょう」

と言う。いや、知りませんと言うと、

「映画にもなって田中裕子が主演したんだけど、強姦されてそのあと、二次被害に遭うみたいな話なんだが……。まあこれも強姦未遂だから、警察に届けると君がまあ事情聴取を受けて、不快なこともあるだろうから、やめておきましょう」

ということで、警察に届けるのはやめにした。里沙がほっとしていると、宇留野は何やらぶつぶつと、

「君が好きだったんだろうねえ。家まで押し掛けて……」

などと言いだしたから、違います、あの人は在学中には別の女の人に、と里沙が説明すると、

「それはけしからんな。やっぱり警察に……」

と言って携帯を取り出したから、里沙は「やめてください」と言ってその手にすがりついた。一瞬、

変な空気になり、やばい、と思ったら、お腹がぐうっと鳴った。

「お昼、まだだったの？」

時計を見ると、二時過ぎている。

「ここの裏手にしょぼいコンビニがあったね。何か買ってくる？」

「じゃあ、私も一緒に」

と言って、二人で外へ出たが、おそるおそる、栗本が戻って来て潜んでいないか確認しながらの外出であった。

「何か、護身用のスタンガンとか持ってる？」

「いえ、それは……」

「まあ緊急ベルでもいいけど、持ってたほうがいいかもね。私は昔、学生を落したときにスタンガン持って大学へ行ったことがある」

怖い……と里沙は思った。

が、コンビニへ入ると、里沙がサンドウィッチを選んでいる間に、宇留野はレジの近くへ行き、何かやっているから、どうしたのかなと思って、サンドウィッチを選んで持って行くと、レジには、客側に向けたパネルがついていて、そこに支払額が表示されたり、酒や煙草の年齢認証でタッチしたりするようになっている。宇留野は、どこから取り出したのか、ウェットティッシュでそのパネルを拭いていたのである。

「何……してるんですか、先生」

若い男の店員が困惑して見ている。

「いや、ここ、埃だらけであんまり汚いから、拭いてるんだけど。図書館でもねえ、埃だらけなことがあるよ」

「先生、そんな、姑みたいな」

言いながら、里沙は店員にちょっと笑顔を見せて、サンドウィッチを買った。

その後は、アパートの前まで宇留野に送ってもらって、一人でサンドウィッチを食べた。

(やっぱり、変人かも)

と思ったのだが、あとで、もしかしたら怯えている自分の気持ちをほぐすためにわざとやったのかもしれない、と思い返した。

そういえば、一瞬栗本に同情したようだったのは、宇留野に若い頃そういうことがあったからだったかもしれない。

その後、一週間ほど警戒していたが、栗本関係では何の動きもなかった。何か中途半端なやつだなあ、と里沙は、物足りない思いさえした。

図書館には、昼休みになると、隣の中学校からどっと男女の生徒がくり出してきて、わずかに置いてある漫画やラノベを読み耽ったり、時にはざわざわおしゃべりしていたりすることもあって、あまり騒がしいと大人の利用者から苦情が出るし、図書館員が注意しに行くこともあった。

道路に面したところは新聞や雑誌が置いてあり、広いテーブルがあって、冬の晴れた日などはかっこうのサンルームと化し、そこではおおむね老人たちが、三々五々座って、新聞や雑誌を読んでいるのだった。ちょうどその向こうが入口だから、学校が終わった時間などは、出てきた生徒らが門の前、つまり図書館の入口へんにたむろしてわあわあ言っていることもある。

そんな時に、宇留野がいたりすると、窓から顔を出して、

「おい、ここは閲覧室だから静かにしろ！」

と言う。それが、叫ぶのではない。どういう発声なのか、静かに言っているのに通る声で言うので、なるほど元は先生だったんだなあ、と里沙は思うが、いつ生徒らと喧嘩になるかとひやひやもする。

学校と図書館を出て左手に踏切があるので、生徒らはだいたい、道の左側を通って帰宅の途につく。ところが、これでは歩行者の左側通行だ。向かい側にはちゃんとした歩道があるのだが、区間が短いからどうしても左側を歩いてしまう。宇留野はそれが許せず、実際自転車に乗っていて、ふざけてい

る生徒が飛び出してきて当たったこともあり、学校へ電話して注意したことが二、三度あるという。

「どういうわけか、私が電話する時はたいてい会議中で、事務の人しか出ないんだよ。それで、三度目くらいになると、会議が終わってから掛け直させましょうか、って言うから、私が教師に直接言うのと、あなたが言うのとで違うんですか、って言ったら、私が言います、って」

そういうのもクレーマー扱いされるんだろうなあ、と里沙は思った。中学生なんだし、たとえ短い距離でも歩行者は右側通行、と教えるのはいいことのはずなんだが。

前の区長が、自転車の取り締まりを厳しくやって、書店などの前に五分くらい自転車を置いておいただけで、赤い警告札が張り付けられたりして、宇留野は怒って区役所に電話してどなりつけたという。そのうちそれもなくなり、区長が変わってからはそういうこともないようだが、宇留野は自転車に乗っていて、左右が気になってならないと言う。特に、自転車で右側通行をして、正面から来るのが許せないらしい。

「それが、右側を走ってくるのはたいてい女なんだよ」

と言うから、女として里沙はむっとしたのだが、実際そうなら仕方がない。女は地図が読めないし、左右がすぐには分からないらしい、とも言う。

それでも、左手の道から飛び出してきた男の自転車とぶつかりそうになり、口論になったこともあるという。

確かに、人口密度が高いところで、自転車に乗っていると、危ないと思うこともある。特に最近は「歩きスマホ」が多いし、このあたりは子供も多く、子供がよちよち歩いていたり、小学生くらいの子供が数人で騒いで走っていたりすると、注意が必要だ。

宇留野はスマホはやらないようだ。あまり遠出しないし、使っても電話くらいだという。確かに、図書館へ来て、本来は勉強するつもりだったろうに、夢中でスマホを見ている人が老若問わず、いる。

「閲覧席が混んでいる時は困りますけど……」

と里沙が言うと、

「うーん、混んでなくてもねえ、図書館で夢中でスマホをくいくいやってるのを見るとなんかイライラするね。自宅でやりゃいいのに」

宇留野はもちろん、家でパソコンを使ってインターネットをしている。図書館でスマホをやっているような人は、子供、中年女性、老人などで、家に居場所がなく、パソコンも持っていない人なのだろう。

寝ている人というのもいる。これは、いびきなどがうるさいとさすがに注意するが、すうっ、すうっという寝息が妙に気になることもある。

「図書館は人生の縮図だね。こないだ七十代くらいのおじいさんが、『老後は一人暮らしが楽』って本を見ていたよ」

と宇留野。

変わったのでは、長細い経木に、筆でせっせとお経を書いているおばさんがいる。宇留野が、「それは何ですか」と訊いたら、「ゴマキです」と答えた。ちょっと考えて、「護摩木」であり、集めて燃やすのが天台宗あたりの行事らしい、と分かった。

もちろん、こんな話を宇留野と図書館でしていたわけではない。だいたいはメールのやりとりで、あとは宇留野のブログやツイッターで分かったことだ。

予約された本は、カウンターの後ろの棚に置いてあるが、入りきらないので、たくさん予約した人のものは「みがわりくん」という代本板を置いていた。

予約本には一冊ずつピンク色のスリップが入っていて、予約者の情報が印字されている。貸出の時にはいちいち外すのだが、宇留野などは、多すぎる予約本を一部借りて、返して残りを借りたりする。その際に利用者カードをもういっぺん出すのだが、実はこのピンクのスリップを使えばそこに利用者のバーコードがある。ヴェテラン職員はそれで代用するのだが、研修生や慣れない図書館員は、もう一度利用者カードを請求する。宇留野は、おとなしくカードを出しながら、「ピンクの紙でやれるんですけどね」などと、図書館員に裏技を教えたりしていた。

その夏はひときわ暑かった。けれど、このところ、毎夏が暑いような気がするし、宇留野は、昔はこんなに夏は暑くなかった、と言っていた。

ところが、その頃、ほかの図書館員の、里沙に対する態度がどうも変だ、と思い始めた。ちょっと目をそらしたりするのである。特に、宇留野が来館して里沙が対応するような時は、ひときわ変である。

宇留野にメールでそれとなく訊いてみると、

「これじゃないかなあ」

と言って送ってきたＵＲＬを開いて、里沙はたまげた。

それは一エントリーしかないブログで、里沙がこないだ栗本に撮られた、驚いている顔の写真がアップされていて、

「俺の彼女。宇留野伊織にＮＴＲ」

と書いてあったのだ。「ＮＴＲ」は「ねとられる」を意味する言葉である。ほかには何も書いてないから、あまり注目もされていないし、宇留野の名前で検索して下のほうまで行かないと出てこない。

里沙は、ああ図書館の誰かがこれを見たんだあ、と思ったら血の気が引いて、へたへたとなった。

しばらくぼんやりしていると、電話が掛かってきた。まさか、栗本、と思ったが、番号を見たら宇留野らしい。

「大丈夫?」

「先生、知ってたんですか」

「一週間くらい前かな、見つけたのは」

「ひどいです、リベンジポルノじゃないですか」

「うーん、ポルノにすらなってない……」

「教えてくだされば良かったのに」

「まあ知らずにすめばと思ってね」

「抗議はなさらなかったんですか」

「いやあ、君の家まで来るような吉外だから、刺激しないほうがいいかと思ってね。それに、連絡先も分からないし」

「メルアドお教えしますから、抗議してください」

「うん分かった」

もう気持ち悪いので見たくなくて、ああ図書館の人にも分かってもらいたい、と思いつつ出勤して、

二日ほどすると、宇留野から、

「抗議したら削除した」

とメールが来た。

しかし、いっぺんネットに上ってしまったものは、噂としては漂流し続けるから困る。特に、里沙も宇留野も誰からも何も言われていないのだから困る。宇留野は、

「それはもう、誰かに打ち明けるしかないと思うよ」

と言うから、里沙も覚悟を決めて、館長の内田さんに、実はこれこれこういうわけで、と全部話すと、

「それは全然知りませんでした。大変でしたね。館員の人たちには私からそれとなく言っておきます」

と言ってくれ、ほっとしたことであった。

図書館では、区内にある本は借りられていなければ一、二日で届く。区内にない場合は、リクエストすれば、都内の別の区や都立図書館から借りることもできるが、時間がかかる。

だが、区内でも、予約していてなかなか来ないことがあり、宇留野などは、これは延滞しているんじゃないか、とたびたび図書館に電話したり図書館員に催促したりしていた。

「あまり図書館を使わない人で、借りてそのままになるとか引っ越しちゃうとかあるけど、それって

窃盗罪じゃないか」

　と宇留野は言っていた。

「こないだニュースで、カナダだったか、図書館の本を借りたまま引っ越して、六十七年後に返却したとか、美談みたいに言ってたけど、美談じゃないよ。返してから引っ越すとか、忘れたなら郵送するとかあるだろう」

「待ってる人もいますからね」

「だけど、図書館の本を返さないからって警察は絶対動くわけないからねぇ」

　宇留野なら、誰が借りたまま返さないか知ったら家まで乗り込みそうだ。以前、社会学者の北台権司という割と知られた人が、東大図書館で借りたまま返さずにいる本を、代本板からつきとめて、ネット上にアップしたことがある。代本板というのは、本を借りる時に代わりに入れておく板で、背中に本の題名を書きこんだスリップを入れておけるようになっている。

　ところが、図書館関係の人がそれを見て、借り出し情報が漏れたのなら大変だ、と騒いだが、代本板なら仕方ない、ということになった。だが宇留野は、北台に今からでも返させてやりたい、窃盗だが残念ながら時効だ、と言っていた。

「そういえば昨日」

と宇留野が言ったのは、図書館でだった。

「閲覧席で妙な本を見ているおじさんがいたな」

自分もおじさんであることはわりあい忘れているらしい。

「二色刷りみたいで、ページに数字の書いてある魔方陣みたいのが縦横三列、九つ並んでいて、上に168とか数字がある」

「あっ、それは『脳トレ』ですよ。『ナンプレ』ってやつ」

「なんだそうか。占いか、賭博かと思った」

あるいは、こんなことも言う。

「図書館を使う人は、まだいいんだよ。本と人の関係ってのはいろいろでね。公共図書館を使うって発想がない人がいる」

「いるでしょうね」

「大学とかで教えていて、これこれの本を読め、っていうと、まあ大学図書館で探して、ない、とか、借りられてる、というのがいて、近所の図書館は？　って訊くと、それは行ってないとか、今まで行ったこともないとかいうのがいる。出身地に住んでいるとわりあい分かるらしいけど、引っ越したりすると近所の図書館がどこにあるか把握してなかったりね」

「広報活動をちゃんとやらなくちゃ、ですね」

「そうだねえ……。でも図書館の広報活動って図書館へ来ないと出会わないいんだよね」

「あっ、そうか……」

如月図書館には「ジャンジャンメール」というのがある。色紙を縦五センチ、横三センチくらいに切ったものを置いておいて、利用者が本の感想などを自由に書き込んで、箱に入れるのだ。図書館への要望などを書くものはほかにあるので、これはおおむね、中学生に利用されており、だいたいラノベなどを読んだ感想を書いたり、江國香織さんの本が良かったので何かおすすめはありますか、などと書いたりしており、図書館員がこれにコメントをして、壁のコルク板に画鋲で留めて貼り出したりした。

夏休みころから、若い里沙が、宮部という、よそから来た若い男の図書館員とともに、このコメント書きを任せられるようになった。

これは、ちょっと楽しい仕事だった。何も知らないような中学生が、本源的な物語の面白さに興奮して、たわいないラノベやファンタジーについて書いてきて、里沙はそこまで目線を降ろしてコメントを書くのだ。「漫画を入れて下さい」という要望も多かった。図書館には、古典的な漫画も置いてあり、ときどき棚の前でじっと立ち読みしている中学生もいて、宇留野が、邪魔だ、読みたいなら借りて行って読むとか、椅子があるんだから座って読めばいいのに、書店じゃないんだから、と言っていたが、夢中になって、立ったまま読んでしまう気持ち、というのがあるのだろう。

コメントには、図書館員の名前を入れる。だから最後に「クラ」としておいた。ところが、壁に貼り出されるものであるためか、このメールを使って「コクる」女の子などがいる。自分と相手の名前まで書いてあって「つきあってください」と書いてあるのだ。だが、壁に貼り出されるというのにそんなことを書くものだろうか？　もしかすると、別人によるいたずらかもしれない。それはさすがに壁に貼り出すわけにいかないので、里沙は、

「このメールを告白などに使う人がいますが、名前が書いてあっても本人かどうか分からないので、ここではそれはしないでください」

と書いて貼り出しておいた。

ところが、里沙が書くようになってから、書いた中学生が図書館へ来て、里沙の姿を見ると、「クラモチ」と名札に書いてあるから、この人だ、と分かって、お姉さんのように思うのだろう、いつしか「恋愛相談」みたいなメールが混じるようになった。

それに答えて、壁に貼りだすのはまずいんじゃないかなあ、と思って、他の図書館員に相談すると、名前がなければいいかもしれない、と言ったが、

「図書館って恋愛相談するところじゃないけどね」

と言って笑っていた。

そのうち、また妙なものが入っていた。女子中学生らしいのだが、

「前に私に告白してきた男の子がいて、振っちゃったんですけど、その人が私にちょっかいを出すんです。こないだは後ろから抱きつかれて、『なろ抱き』っていうんだよ、って笑ってましたけど」

とあるのだ。

これじゃあ、大人ならセクハラじゃないか……。それに、

「なろ抱き」

って何かと思い、宇留野に訊いてみた。

「それはねえ、昔、柴門ふみ原作の『あすなろ白書』ってドラマがあってねえ、その中でキムタクが石田ひかりを後ろから抱き締めるんだよ。それで『なろ抱き』って」

「壁ドンみたいなものですか」

「そうねえ。でも私はそれには不満だな」

「へっ？」

「後ろから抱く、っていうなら、『キャンディ♥キャンディ』でテリーがキャンディにやったのが先

で、あれは名場面なんだから、てり抱きとかにしてほしい」

「そんな、それじゃまるで照り焼き……」

と言って笑いながら、里沙はちょっと苦しくなった。

調べたら、『あすなろ白書』って、まだ里沙が子供の頃のドラマだった。なんでそんなものが。DVDになっているからだろうか。そして、『キャンディ♥キャンディ』はもっと古くて、里沙が生まれる前の話だ。

その投書には「大人だったらセクハラとかになるところですね。気をつけてくださいね」とコメントして、あえて壁に貼りだした。宇留野が見て、くすくす笑っていた。

ところが、それから二週間ほどして、その女の子の新しい投書があり、

「こないだのなろ抱きの男の子と、結局つきあうことになりました」

と書いてあったから、里沙は驚いたが、「そ、それはすごいですね」とコメントして貼りだしておいた。

「分からないもんだねえ」

と、それを見た宇留野が言っていた。

「今の若い子って……」

と言いかけて里沙は、宇留野から見たら自分だって今の若い子だ、と思い直した。

「でもまあ、十三、四になったら色気づいてセックスしちゃうとか、昔は普通にあったことだし、いや、ずっと普通にあったことなんだよ」

と宇留野が言うから、ああ、この「つきあうことになった」は、そういうことも含んでいる可能性があるんだなあ、と思ったら、生々しい感じがした。

ちなみに、里沙は処女である。

二十五歳で処女というのは晩生《おくて》かもしれないが、そういう大学生は男でも女でも実はたくさんいる。筑波は陸の孤島なので中でくっつきやすいとも言うが、そうではない人もそれなりにいるのだ。

高校時代の同級生に、甕居《かめい》亜紀というのがいて、里沙とは、文学仲間、だった、と言える、というのは、亜紀は、処女どころではない、というような女子だったからである。美人ではないが、まあそこそこの顔で、すぐ男と寝る。それでいて不良ではなくて成績はよく、のちに東大へ行った。当時からよく小説を読んでいて、ヘンリー・ミラーなんかが好きだったらしい。ミラーの小説に、リンゴの芯をくりぬいてポマードを塗ると男のオナニーに使えると書いてあったから、当時寝ていた男（彼女の場合、つきあっていたという感じではない）に、試させてくれと言ってやってみたら、「冷たい」と言うから、おかしいなと思い、煮るんだな、と思って、煮てくりぬいたら、ポマードは要らないような気がして男に試したら、やけどした。そのあと二人でそのリンゴを食べたというから怖い。

小説もそういう男体験を生かしてせっせと書いていた。

「処女じゃ文学は分からない」

というのが持論で、といってもそれは里沙をからかうための持論だった風情もある。里沙は、そんなことはない、と言い、シャーロット・ブロンテは処女だった、と言うと、いやあれはサッカレーとやっていた、と言うし、樋口一葉は、と言うと、半井桃水とやっていた、と言う。エミリー・ディキンソンは、と言うと、兄たちにやられてた、と言う。とうとう、「貧しき人々の群」を書いた時の宮本百合子は処女だった、という論で黙らせた。

東大では英文科に行ったのだが、文学に興味のあるやつがいない、と不満たらたらで、在学中に地元のいばらき文学賞に出して優秀賞になり、『文藝いばらき』に受賞作が載っていた。卒業後は出版社に勤めて編集者をしながら小説を書くつもりだったのが、どこも落とされて、法経大学の大学院の創作文芸科に入学した。この大学院では現役の作家も教えているから、コネを作って作家デビューするつもりらしい。「学歴逆ロンダリング」などとふざけていたが、小説を修士論文にして修士課程を終え、今は江戸川区の安アパートに住んで、アルバイトをしながら小説書きをしている。

その甕居亜紀から、「宇留野伊織とつきあってるんだって?」という不穏なメールが届いたのは秋口のことで、何でそんな話が亜紀にまで届くんだ、と不安にもなった里沙が電話すると、

「人の口に戸は立てられないねえ」

なんて言っているから、違うのであると説明した。

「なあんだ、処女喪失したかと思っていたよ」

聞くと、亜紀は、銀座の古風なキャバレー「赤ばら」でホステスをしていると言う。ところが、客の一人から、婚約不履行で訴えられそうなのだという。

「ほら、宇留野先生ってよく裁判起こしてたし、奥さんは検事だっていうから、何か教えてくれるんじゃないかと思って」

それでメールしてきたのか……。

「弁護士とか法テラスに相談したら?」

「冷たいなあ」

「お金をとったとか?」

「とってないよ。単に何回か寝ただけで、結婚してくれる?　って言うから、いいよって言っただけだよ」

「それで男が訴えるとかいうのは珍しいかもね」

「でしょ?」

一応、宇留野にも話してみると、

「まあ、そんなのにつく弁護士はいないいんじゃないかなあ」

と言っていたが、

「東大にも変な女の子が……いや、私の頃も潜在的にはいたのかもしれない。単に知らずにいただけで」

などと、口を濁した。

その頃、政治の世界では安保法制反対のデモが盛り上がっていた。「ジャンジャンメール」では、コメント欄に「私は安保法制が気になってそれどころではないです」と書いた人がいた。

「図書館員ってのは政治的に中立でなきゃいけないんだけど、あれはどうかなあ」

と宇留野が言うから、

「『気になる』だから、いいんじゃないですか」

と里沙は答えた。

宇留野は、安保法制反対派ではなかったが、そのために、仕事が減っているとこぼした。だが、そ

の話に里沙があまり乗って行かなかったので、少し方向を変えて、

「千葉のほうの図書館が、保守派の論客の書籍を廃棄したっていうんで問題になったことがあるよね」

「はい……」

もちろんそれはよく知っている。船橋の事件で、裁判になった。

「あれは、廃棄したから問題になったわけだけど、購入の時点でえこの沙汰があっても、それはなかなか証明しづらいでしょ」

「……そうですね」

里沙は、前とは別の苦しさを感じた。

「こないだも、百田尚樹の本はないか、って訊いてたおばあさんがいたけど、図書館員には、百田尚樹に人気があるのを苦々しく思ってる人も多いんじゃないかと思った」

「……ちょっと、お答えいたしかねます」

「……そうか。そりゃそうだね」

その日の電話は、気まずく切れた。

書籍を廃棄した女性は、裁判にかけられて賠償金を払ったが、絵本作家としても活動しており、その著作はこの区の図書館にも、全国の図書館でもかなり多く所蔵されている。その人の勤めていた図

書館では、三十五冊その本が買われていたという話もある。

図書館員は政治的に偏ってはいけない、けれど個人的に意見をもつのはもちろん構わない。けれどそれが購入の際に影響しないか。

最近は書店員というのが表に出ることが多く、「本屋大賞」とか、書店員が作るポップとか、時には人気書店員が本に与える賞、なんてのもある。けれど、もちろん図書館員はそんなことはしてはいけない。けれど、日本図書館協会選定図書というのはあって、それが果して政治的に偏っていないか。

図書館では、どこでもそうだが、書庫に限りがあるので、定期的に、不要と判断した本を除籍し、廃棄する。最近では、入口のところに廃棄処分とした本を置いて、欲しい利用者に持って行ってもらうことが多い。

一時は、『川端康成全集』のひとそろいなどが放出されたこともあり、宇留野などは、「捨てるのか……」と言っていた。区内の図書館に複数揃っているので廃棄するのだが、それほどぼろぼろというわけでもない。宇留野もその類の本を何冊か持って行っていたが、

「どれを捨てるかはどうやって決めるの？」

と訊くので、

「ウィーディングという作業をします」

と答えた。草取りという意味だ。ちゃんと、古さ、区内の他の図書館にもあるか、また利用頻度だけでなく文化的価値も考えてやっているはずだ。

その秋は、何だか台風とか嵐とか雨が多い気がした。自転車通勤だから、雨の日はちょっと困る。歩いて行くか、傘を差して自転車に乗るかだが、後者は危険なので、雨合羽を買って着て行くのだが、それでもあちこち濡れる。行きはまだいいが、帰りは疲れているし、惨めな気分で部屋に帰ることになる。

ついそんな気の弱りから、久しぶりに宇留野にメールした。

「『細雪』は『ささめゆき』ですけど、ささめあめってのはないんでしょうか」

という、たわいのないものだ。

宇留野から、返事が来た。

「『ささめ雪』って言葉は、古典にないことはないがめったに出てこない、珍しい言葉です。だから谷崎によって広まったものですね。細雨って言葉はあるけれど、まあ雨はそれ自体は細いものだから、それはないでしょうね」

会話は、それに対して里沙が返事をしなかったため、ぷつりと切れた。

*

「小説家デビューするんじゃなかったの？」

と、亜紀が訊いた。これは、銀座の「赤ばら」近くの天ぷら店である。店へ出る前の時間を、つきあってもらったのだ。

地方文学賞とはいえ、小説に実績のある亜紀に比べると、里沙はこれといったものを書いていなかった。里沙の実人生には、小説のネタになりそうなことがらはなかったし、かといって無から作るような小説を書く気もなかったからだ。

「じゃあ、図書館に勤めてからのことを書けばいいんじゃない」

亜紀は、酒飲みなので、天ぷらを肴にして日本酒をぐいぐい呑んでいる。

「だからさあ、それが、図書館員は利用者の借りた本とかを表に出しちゃいけないし、政治的な意見もあまり言っちゃまずいのよ」

「そういや、村上春樹が高校時代に借りた本が報道されて問題になったことがあったね」

「そう」

「だけどさ、昔は本の後ろのカードに借りた人の名前がずらっと書いてあるところもあったし、代本板とかもあったから、まる分かりだったじゃん」

「そうなの。だけどＩＴ化してカードとかがなくなって、それでかえって秘密厳守が厳しくなったみたい」

「村上春樹が高校時代に何読んでたって、別にポルノじゃないんだから、大騒ぎすることもないと思うけどね」

「私だってそう思うけれど、世の中が世知辛くなってるのよ」

「ふふん」

と亜紀は笑って、

「なんだかどの時代を見ても、最近は世知辛くなった、って言ってる気がする」

「まあね。でもこれはそう。医者とかはわりあい平気で評論書いたりしてるでしょう。守秘義務もあるのに、あれ、どうなってるんだろう」

「そうだねえ……」

「守秘義務ってのはやめたあともついてくるんだよね。だから私が、小説書いて図書館やめても
……」

「……それで、図書館の内幕もの小説ってのはないのか」

「ない。漏れてもこない。あと……」

「なに？」

「図書館情報学って言うんだけど、その世界が、気持ち悪い」

「どういう風に？」

「偽善的……」

「はあ……」

さすがに女一人で「赤ばら」の客になるのは無理だったから、出勤前にここで会ってもらったのだ。

ホステスは、客に頼んで「同伴出勤」というのをしてもらうと、手当がつく。

「じゃあ、図書館、やめる？」

「……いつかはね……」

「かわいそうに。あんなに図書館に幻想抱いてたのにね」

そう言われて、里沙はぐいっと涙腺がゆるんで、ぽろぽろと涙をこぼした。

亜紀は困った顔をして、

「あたしが泣かせてるみたいじゃない」

と言い、おしぼりで里沙の顔を拭いてくれた。

例の「婚約不履行」の件は、相手が弁護士を見つけられなくて断念したらしいが、最後だと言ってメールを送ってきたという、それをプリントアウトしたのを見せてくれた。それは、「僕が大事に守ってきた童貞をあなたに捧げたのは……」などというものだった。本来なら笑うところなのだろうが、そういう気分にはなれなかった。

図書館の閲覧席では、机のわきに、荷物を入れるカゴが数個置いてある。それが、はじめは重ねて置いてあるので、荷物を入れる時は、重ねた状態からはずして別に入れなければならない。重ねて置いてある上から荷物を入れると、あとから下のカゴをとりにくくなるからだ。だが、それに気づかず、上から入れる人は、若者に多い。

その日も、そんな状態で、重ねた上のカゴにリュックサックを入れている若者がいた。そこへ来たのが宇留野で、下のカゴを取ろうとした。持ち主の若者は、一つ向こうの座席で何か勉強しているらしい。宇留野は、ちょっといらついて、「これ、君の？」と言った。だが反応はなかった。若者は耳にイヤホンを入れて何か音楽でも聴いていたらしかった。昔はよく、大音量で音楽を聴いていてイヤホンから音が漏れる、というのが電車内などで問題になったというが、最近は、逆に、外の音が自分に聞こえなくて危険だったりする。騒音嫌いで知られる哲学者N氏は、騒音を避けるためイヤホンで音楽を聴きながら歩いていて、自動車が近づいているのに気づかず、危うく轢かれるところだったという。

むかっとした宇留野は、若者に近づくと、イヤホンをむしりとって、

「これはお前のか、って訊いてるんだ」

若者は一瞬わけが分からず、宇留野が言うのを聞いてやっと理解したが、「イヤホンとらなくてもいいのに」とつぶやいたから、

「とらなきゃ分からんだろうが」

と言い争いになっていた。

「怒鳴ったりしたあとって、手がぷるぷる震えたりしませんか」

と、いつか、宇留野に訊いたことがあった。

「震えるよ。まあ震えない猛者とかもいるんだろうが、私は震える。別に気にすることはない。相手が、震えてやがる、と思っても、一緒にいる人とかに、震えてる、と思われても、自分は震えるんだと思っていればいい。震えるのを止めようと思うことはない。震えていいんだ」

そう言われて、里沙は軽い衝撃を受けた。

「イヤホンといえば、最近はイヤホンのスマホとかあるでしょう。ちょっと前は、一人で大声で話しながら歩いていると、吉外か、と思ったのが、姿を見ると、ああ携帯か、と分かったのが、今は手ぶ

らでそれやってるから、もう何が何だか……」

　冬というのは、昔はぴゅうっと北風が吹いて、しもやけやひび、あかぎれができて、家へ帰ってこたつに入る、というものだったようだが、今の都会ではそんなに寒い思いはしない。しかし、里沙は風邪をひいて、五日ほど休んでしまった。

　あいにく雨も降っていて、風邪薬を呑んで寝ていたのだけれど、図書館にはこんな時に助けを頼めるような友人はなかったし、作りおきのおかずが尽きてくると、ご飯を炊いて缶詰の鮭で食べたりした。ひたすら惨めな気分になった。

　宇留野にメールしようかと思ったが、やめて、甕居亜紀にメールした。二時間ほどして、ウイダーインゼリーとか食料品を抱えた亜紀がやってきた。

「ありがとう……」

　どてらを着た里沙がまた涙ぐんだ。

「気が弱っちゃって困ったね。あなたみたいのは、早く結婚したほうがいいんだよ」

　と、亜紀が言う。

「……相手がない……」

　弱々しく里沙が言うと、

「ここでマジレスされてもねえ……」

やっと風邪もよくなった頃には、クリスマスが近づいていた。里沙は渋谷まで出て、自分用のクリスマスプレゼントにと、ネックレスを買ってきた。

図書館では制服に着かえるので、その下にネックレスは着けて出ていた。その時、対応した女性利用者のカードを見て、里沙ははっとした。姓は違うが、これは宇留野の奥さんだ。それは里沙が想像していたような、怖い感じの人ではなくて、里沙が大柄なせいもあって、小柄なかわいらしい人に見えた。三十五歳くらいだろう。借りたのは『柴犬の飼い方』だった。だが、宇留野はマンション住まいだから、犬が飼えるはずはない。

人違いかな、と思ったら、その人が、

「倉持さんですね」

と言った。は、はいと答えると、

「宇留野からよく話を聞いています」

と言う。やっぱりそうだったんだ。

「あの、犬を飼われるんですか」

「いえ、今はマンション住まいですから飼えませんが、いずれ飼えるようになった時のことを想像して楽しむんです」

「そうですか、飼えるようになるといいですね」

にこりとして、あとを見送った。

年末は実家に帰った。兄は関西の研究所に勤めてゆらぎ物理学の研究をしていたが、大みそかになってやっと帰ってきた。

父は盛んに、安倍政権はファッショ政権だ、と気炎を上げていた。マスコミまで統制している、と言うのだが、家でとっている朝日新聞を見ても、結構政権は批判されていて、統制されているとは思えなかった。

母がふと、「小説を書くのはどうなったの?」

と訊いた。あまり里沙としては触れてほしくない話だった。

「作家の先生と知り合いになったんでしょう?」

さすがに、栗本の件は母には言っていなかった。兄が、

「え、誰?」

と訊くから、いやだなあと思いつつ、

「宇留野伊織」

と小さな声で言うと、兄は、

「知らないなあ」

と言って笑った。

正月には平田山へ帰ってきた。開館は六日からだが、館員は四日から出勤して館内整理をする。

二月に、異動の内示があり、里沙は四月から、千葉県佐倉の図書館へ移ることになった。辞めようかと思ったこともあったが、これは受けることにした。実家に近くなるが、東京を離れるのは寂しかった。

宇留野にメールを送って知らせようかと思ったが、どうもばつが悪かった。そのうち、三月になると、里沙の異動を知った中学生が、ジャンジャンメールに「悲報！　クラモチさんが異動になりました」と書いたから、里沙はそれに「四月から佐倉へ移ることになりました」とコメントして貼りだした。

それを見たのか、一週間ほどして、宇留野が図書館へ来た時、たまたまカウンターで里沙が立ち働いていた。宇留野は花粉よけかマスクをしていたが、それを下へずり降ろして、

「異動になるんですか」

と、訊いてきた。里沙は、

「はい、もう明日引っ越しをします」

と答えた。

「寂しくなりますね」

宇留野は言った。

翌日の引っ越しは、母が手伝いに来てくれた。実家に近いといっても、佐倉は来たこともない土地だった。三月末まで、里沙はここから平田山へ通わなければならなかった。

中学校の門のところには桜の樹が植えられていたから、もう満開だった。里沙は、そこに立っているのが宇留野であることに気づいて、さりげなくそばへ行った。

宇留野はマスクをして、満開の桜をうっとうしげに眺めていた。

「先生」

里沙に気づいて、振り向いた。

「明日で私、最後になります。あの……」

「なに？」

「安保法制が気になる、って書いたの、私なんです」

「ん……」

宇留野は目をしかめたが、

「じゃないかと思ってたよ」

と言った。

もう学校は春休みで、生徒の姿はまばらだった。桜の花びらが、里沙の肩にひとひら掛かったが、もう宇留野は何も言わないらしいと思った里沙は、そのまま図書館へ戻っていった。

ナディアの系譜

今では小学生が英語を習いに行くことなど珍しくも何ともない、むしろ誰もがするようなことだが、私の当時の、埼玉県の南のそのあたりでは、学習塾へ行くことすら一般的ではなかった。先ごろ、家庭で虐待を受けて家出した少女が、出会い系などを使って売春をしているというルポを読んだら、その地域が、たいてい、埼玉県の東南部から、千葉県、そして茨城県西部にかけてであることに気づいて、やっぱりそういう土地なんだなと私はいささか苦笑を含んだ哀しさに襲われたのであった。侘しい準売春施設や、十年ほど前までは「生板ホンバン」があったようなストリップ劇場もあった、そしてまた地方特有の文化もないような、東京郊外の一地域である。

八歳の時に引っ越しをしたとは言え、思えば茨城県のそういう地域から埼玉県のそういう地域へと越したわけである。父親は、東京にある外国製時計の修理部に勤めていて、社長も外国人だとかで、家には初級の英語の教科書があり、小学校三年の私は、その本にある、絵つきの単語表で、英単語をいくつか覚えた。さらに、自分で気になると、英和辞典があったのを引いて、孔雀はピーコックといった名詞レベルの単語をいくつか覚えて、英語の勉強が楽しいような気がした。私は英語というのも、算数のように、原理から合理的に演繹していけるものと勘違いをして、英語を習いたい、と母に言いだしたのが、四年生の時だったろう。

そして小学五年生になった時から、私はラボ・パーティというところへ通うようになるのだが、詩人の谷川雁が創始者の一人だったこの組織は、英語を習うというようなところとは違っていた。国際交流を目的とし、「ことばが子どもの未来を作る」と謳《うた》っていた。実際には、出発当初、まだカセットテープが一般化していなかったため、独自のカセット式録音テープと「ラボ機」と呼ばれるその再生機を開発し、それらは福音館の「こどものとも」などをテキストに、英語と日本語を交互に入れたものを録音して販売されており、入会するとこれを購入しておのおののパーティでみなで聴いて覚え、年に二、三回ある発表会で劇として上演するのである。

パーティというのは、たいてい中年の女の人がチューターになって、その自宅へ週に一回集まるのである。チューター募集の際の条件は、主婦であり、大学英文科を出ていることだった。今ではそんな女性は働きに出ているだろう。またその頃には、長野県の黒姫山の麓に、ロッジの建ち並んだラボランドを造成し、子供たちは夏と冬にキャンプに行くことになっていた。

この中で、どの程度のカネが動いて、チューターがどの程度もらっていたのか私は知らないのだが、母は、五年生になって同じクラスになった森田の母親からこの組織のことを教えられ、森田も同じパーティに通うことになった。森田というのは、祖父が森田工業という建設会社の社長で、数年後には父親が社長となる裕福な家の長男だった。その母つまりのちの社長夫人が、うちの母にラボを教えたのだが、五年生で同級生になったのだから、なぜそれ以前に知ったのかは分からない。のちに中学二年になって、私はこのラボからアメリカへホームステイに行くことになり、その準備として森田家で米国人の英語の家庭教師に週一回来てもらうことになったので、もう一人とともにおこぼれに与って、K市郊外の森田家へ通っていたのだが、なぜそんな家がこんな田舎に住んでいたのかも分からない。数年後には東京へ越していった。

埼玉県東南部の、当時の人口二十万のK市の、昔風にいえば「在」に私たちは住んでおり、そこからさらに奥のほうへ行った農村地帯の、農家の真ん中へんに、チューターの福間先生の家があって、私は自転車で土曜日の午後にそこへ通ったのであった。それは、昭和三十年代の「文化住宅」めいた、敷地の広い建物で、庭には樹木が生い茂っていた。福間先生は瓜実顔で、母は盛んに、美人だと言っていたが、私はあまり細面で竹久夢二風のその顔だちを、美しいとは思わなかった。

福間先生は山形県のS市出身だということがあとで分かるのだが、何ゆえこんなところへ嫁してきて、旦那さんは何をしている人なのかということも、分からずじまいだった。福間先生はキリスト教徒らしく、ある時私たち子供らが、人間ってなんで生きてるんだろう、と子供らしい問いを発したところ、福間先生が、「じゃあ、今度、教えてあげる」と言った。私は翌週、教えてもらえるのだと思っていたら、何も言わなかったのは、忘れたのではあるまい。「神の栄光のために生きている」のだと言おうとして、やはりそういう宗教教育をここでするのはまずいと判断したのだろうと、大学生になったころ、思うようになった。

最初にやったのは『だるまちゃんとかみなりちゃん』だった。加古里子作の絵本である。私はテープを聴いて、そのまま丸暗記し、夏に開かれたフェスティバルでナレーションをやったのだが、実は英語は全然分かっていないから、自分がどういう単語をどういう文法で言っているのか分からない。「beautiful」は、実際に聴くと「ビュールフォー」と聞こえるからそう言っているだけで、私はとうとう不安になって両親に、英語ではどういうことになっているのか教えてくれ、と泣かんばかりに懇願したが、教えてくれなかった。このやり方が良かったとはあまり思えないのだが、日本民話『へそもち』もあって、ここでは塔の先端に引っかかった雷が、「ヘルプミー、ヘルプミー」と言うのだが、それを聴いていた子供が、高いところへ登って降りられなくなり、「ヘンミー、ヘンミー」と叫んだという話が機関誌に紹介されていたが、聞こえるとおりに言ったわけで、しかしそれでいいのか、と私は思った。

小学校低学年までなら、この方法でもいいのかもしれないが、五年生になった私は、このやり方で、その後英語習得に役に立ったということがまったくなかったから、やはり良くないであろう。もっとも私自身、自分で英語の教科書を見て学ぼうと思わなかったのは、その学年では教えられていないことを先だって勉強してはいけないと思っていたからで、実際つるかめ算などは、方程式を勉強してはいけないという前提で教えられている。

むしろ、夏に行ったラボキャンプのほうが、圧倒的に新しい体験だったと言えるだろう。たった二泊三日なのに、私は毎日はがきを書いて、ラボランドの中のポストに投函したから、最後のはがきなど帰宅したあとに届いた。初めて山登りというのをやって、帰宅して興奮して母に話したから、母は満足していたようだった。

三年生のはじめに、茨城県から埼玉県へ越してきた私は「転校生」だったわけで、自覚はしていなかったが、新しい環境になじめず、夏には自転車で転倒して脚にブレーキが刺さって穴が開いたり、その冬には気管支炎と診断されたり、あとで訊いたら母も苦労したらしい。友達も、その秋から転校してきた水原が、家が近かったこともあったが、クラス換えはなく担任だけ替わった四年生まで、ほとんど唯一の遊び相手になった。その水原とは、中学二年と三年でも同じクラスになり、その時の私を入れて六人の友達とは、大学を出るころまでつきあいがあったのだが、水原が特に古い友達という風を見せなかったのは、照れくさかったからだろう。

しかし五年生になってクラス替えがあると、森田とはそれほど親しくはならなかったが、数人の親しい友達ができて、普通の快活な少年めいた、誕生日パーティをそれぞれの家でやるとか、六年生になってまたクラス替えがあったが、休み時間に友達と図書室へ走って行って百科事典で「性交」や「陰茎」を調べるといったことをしていた。

ところが、福間先生は病弱で、二年すると、実家へ帰って静養するということになってしまった。夫君はどうしたのか知らないが、母などは、のちに山形から来た手紙に、最近は歩けるようになった、とあるのを見て、そんなに重い病気だったのかと驚いていたし、数年後にS市で大火災があった時は、福間先生のことを心配して連絡をとったりしていた。

さて、福間パーティに来ていたのは、私と森田に、森田の妹や弟がいたのだが、ほかにいた子供たちのことは、とんと覚えていない。途中から、一学年下の加川という男が入ってきたのだが、この加川の母が、チューターを志望していたのか、私や森田は、加川パーティに入ることになった。私の家のすぐ近所に、久山先生というチューターがいたのだが、ここは大所帯だったため、入れなかったらしい。私は中学へ入ったが、登校するとジャージに着替えるよう指導される中学では、またなじめず、一年生の時は惨めな気分で過ごした。加川先生のところへは、私と森田と加川しか来なかったので、通常のラボ的活動はできず、加川先生の自宅で、細々と英語の勉強をするだけになってしまった。

加川先生の家は、私が通っていた小学校のさらに向こうの、怖いくらい何もない田圃また田圃の地域の、地主の家の庭に三軒建った貸家の真ん中の一軒で、いかにも貧しげだった。どういう経歴なのか詳しいことは知らないが、加川先生の夫は夜勤をしており、たまに夕方、私たちが勉強をしていると、二階から降りてきて仕事に行くのだった。この人はそれから数年後に急死した。私は自転車に乗って、通りから地主の家へ入る砂利道を、いくらか他人の家へ侵入しているような薄気味悪さを感じながら入っていくのだが、秋になるともう薄暗くなっていてなおさら気味悪かった。そのうちに、小学校の裏手に新しい幼稚園ができて、そこで通常のラボ活動をするようになった。

ラボのテープには、『オバケのQ太郎』などもあった。ほかに大人向けのシリーズがあり、『アメリカ初旅行』という、アメリカ旅行案内兼英語の学習のためのようなものだが、ここでは江守徹が声をやっていた。江守はラボテープの常連で、私が入ったあとに出た『ピーター・パン』では、フック船長の声をやっていたが、これがいいのである。最後に船の上で、フックとパンが剣をあわせて戦うが、劣勢になったフックが、

「パン、貴様は何ものだ?」

と訊くと、パンは、

「ぼくは、若さと喜びのかたまりだ。孵《かえ》ったばかりのひよっ子なのさ」

と答え、フックは衝撃を受けて、鰐が待ち受ける海中へ落ちていく。ここがいい。

ラボのテープでは、英語と日本語が交互に流れる(英語だけのチャンネルもある)。だからここで

は、江守によるフックの台詞のあとに、「youth and joy!」とパンが言う。それが「ユーペンジョイ」と聞こえた。

フランク・ベッカーによる音楽もよく、埋もれているのは惜しい。台本はおおむね、「らくだ・こぶに」の名で谷川雁が書いていた。谷川にとって『ピーター・パン』は四歳のころからの愛読書で、ひときわ力を入れて作ったらしい。

ラボでは、同じK市内とか、もっと広い地域でとかの交流の会も開かれたりしたし、ラボランドでは全国から集まってくるから、のちには映画やドラマの中でだけお目にかかるような明朗快活な少年たちに出くわす。『ピーター・パン』のフックとパンの剣戟の場面を練習している少年二人がいて、片方が剣を横になぐと、もう一人がそれを飛び越えていたから、私は目を瞠った。

「エール」という言葉も、ラボで知った。十人くらいで肩を組んで円を作り、「チクサクチクサクホイホイホイ」とやるのである。

中学二年の夏に、私と森田、加川、それからもう一人、森田と仲のいい広瀬とが、アメリカへホームステイに行くことになっていた。一年から二年に進級する春休み、私はラボキャンプに行く予定だったが、どうも体の具合が悪い、と言って、とりやめにした。その間に、何か実家で用があったのか、母は小学二年から三年になる弟を連れて出かけていた。家には私と父だけになり、父はすでに週休二日になっていて、土曜日の夜だった。夕飯を終えて居間へ入り、父は、土曜だからおそらくNETテレビの「土曜映画劇場」を観始め、私も何となくそこにいて、雑誌か新聞でも見ながらぼんやりしていた。映画は西部劇だった。撃ち合いのシーンを観ていたら、心臓がどきどきしてきた。私は父が苦手だった。新聞の縮刷版で調べたら、「シンジケート・ゴッドファーザー大虐殺の日」という、流行の映画とは関係ないのに適当な邦題をつけた劇場未公開のB級映画だった。

翌日あたり、母が帰ってきたが、心臓のどきどきは止まらなかった。私は、医者へ行く、と言った。母は、大丈夫よと言ったが、私は、早期発見が大事なんだと言って、医者へ行った。医者は、君は心配性だねえと苦笑して、赤い薬をくれた。精神安定剤でもあったろうか、家へ帰って呑もうとしたら、母に、そんなもの呑んじゃいけません、と言われたので、呑まなかった。新学期になって学校へ行き始めると、心臓のどきどきは収まったが、あれが私の持病となる不安神経症の初期の胎動であったろうか。そのあと、「山口さんちのツトム君」が流行したが、あれはツトム君が、ママが田舎へ行っていたために元気がなくなるという話で、私も母の不在中に心臓神経症めいたものになったから、少し恥ずかしかった。

だが二年生になってクラス替えがあり、一年生の時は校舎が足らずプレハブ校舎だったが、本校舎に移った。小学校三年生で転校してきた時もプレハブだった。当時は子供の数が増えていて、校舎が足りなくなっていたのである。

しかも中学一年の担任は私の最も苦手とする体育の教師で、のち私は高校一年の時も体育教師が担当になるのである。体育に呪われているとしか思えない。

二年になると、一年の時の友達二人と同じクラスになり、のちのちまで親しくする五人の友達が、水原を加えて揃い、快適になってきて、中学二、三年の時は、私の人生の黄金期の一つになる。

その四月から、森田家では、オライオンというアメリカ人を、英語の家庭教師として招き、私と広瀬という、森田と親しい同学年の男とでお相伴に与ることになり、毎週木曜日だったたか、夕方から出かけて行った。森田の母は目の大きい大柄な美人だったが、私はこの人から、歴史小説が好きだということで、山本周五郎の『ながい坂』を貸してもらって読んだのだが、それはペーパーバック菊判の周五郎全集のうち二冊で、面白かったが、後で考えたら、主人公のセックスの場面も描いてあり、あいうのを中学生に貸す森田夫人の奇妙な大胆さに思い至ったのであった。

ホームステイでの私の行き先は、はじめネブラスカ州ということになっていたが、あとでミネソタ州に変更になった。森田はワシントン州、加川はネブラスカになった。もしかすると、同じパーティから二人が同じ州へ行くのを避けた結果、ミネソタに変更されたのかもしれない。五月に、茨城県の大洗海岸で準備の合宿があって、出かけていった。

だがこの合宿については、変なことしか覚えていない。電車で行って遠かったことと、大きな広間に集められて、谷川雁が来てしゃべり、次に出るテープは『トム・ソーヤーの冒険』、と高らかに宣言して、わーっと歓声が上がったこと、それから、あてがわれた部屋に四人ほどが集まったが、みな人見知りして、ついに翌朝まで一言も話さなかったのが、何とも嫌だったこと、などである。ラボキャンプへ行っても、見知らぬ同士ですぐ打ち解けるのがラボだったから、これは異様な感じがした。

座敷の八畳くらいの部屋だったが、全員そろうと四人の少年が、思い思いに座って、ただ黙っているのである。そのうち、誰か何か言うだろうと思ったが、誰も何も言わない。私より年長と思える者もいた。その部屋に、誰が置き捨てていったのか、『週刊プレイボーイ』だったか、その種の雑誌が置いてあった。誰もいない時にそっと見ると、セミヌードがあり、上半身裸のビキニの女が、乳房を砂浜に押しつけていた。少し興奮した。

あとになって考えてみると、ラボの同じパーティで女の子を好きになるとかいったことがなかったのは不思議である。そして考えてみると、森田の妹のほかに、同じパーティにいた女子というのが記憶にないのである。ラボキャンプで、変な女に出くわしたことはある。ラボランドでは、全体を世界地図にかたどった設計がされていたらしく、実際の東西南北と合致していたかどうかは分からないが、右上のロッジのかたまりがロッキー、右下がアンデス、左上がバイカル、左下がナイルと名づけられていた。

私がラボランドへ行ったのは総計五回くらいだが、途中から、同じパーティの者を同じロッジに配さないようになった。その時は加川がいたのを覚えているからそれより前で、小学六年の最後の冬のキャンプだったか、私は「電気あんま女」に遭遇したのである。私より一つか二つ年下だったろうが、顔は別に美しくはない、男に電気あんまをする女の子なのである。一緒に来たこちらは年長の男二人ほどから「カツコ」と呼ばれていたのだが、どういうわけか、私がしばしばその「電気あんま」を受けるはめになったのである。

両脚をつかんで、相手が脚を私の股間にあてがってぐりぐりやるアレであるが、女子が男子にそれをやるというのは私はそれまで見たことがなく、もしかすると西日本から来た連中だったのかもしれないが、女の子にやられると、いじめられているというより嬉しいのは当然で、かといって美少女というわけでもなくて、この子は俺が好きなのかなとちらりと思ったりもしたが、何しろ妙なものであった。

当初は、ロッジで寝るのも男女混合だった。だが、あれはアメリカへ行ったあとだったか、冬のキャンプで、寝る時は男女を分け、その時は臨時措置として、男子は近くの民宿へ移動することになったとお達しがあった。少年たちは、自治精神を発揮して、男女混合に戻してくれるよう署名運動を始めた。みな勇み立って、よし署名しようぜ、などと言い合っていた。外は雪で、署名用紙が回ってきて、私を含めて男子らが署名しようとすると、それまで黙って座っていたチューターの女性が、つ、とやってきて、署名しようとしている少年の手を止めて、やめて、と言い、少年に何ごとか話していた。

夕飯の後、ロッジの二階の奥に、私を含めて十人ほどが何となく集まって話をしているうち、何やら秘密集会めいた雰囲気になってきて、一人の少年が、

「前のキャンプの時、男と女で同じ布団に寝てたのを、小学生の子が見ちゃって、それを親に言ったらしいんだよ。それで親がそれは大変だ、ってんで通報して、こんなことになったみたいなんだな」

などと解説した。みな、うーんという風に黙り込んだ。中学生にもなれば、そういうことは起こりうるだろう。これが一九七七年三月のことだとすると、その少し前の正月、私は親の実家へ行き、たまたま同世代のイトコの女子二人と同じ部屋で寝ることになって、はじめは芸能人の名前しりとりなどして遊んでいたのが、次第にエロティックな話になっていき、男の人のあれを見たことがない、と言う二人に、私が危うく下半身を露出させそうになったこともあった。

私は小学校の三年から六年まで、好きな女子がいた。五年生の時だけ別なクラスだったが、目の小さいふっくらした顔だちで、のちのミライ・ヤシマのようだった。成績も良く、スポーツも得意で、

私はそういう女の子が好きだった。五年生の時は結構な美少女もいたのだが、あまり頭が良くなかったから、惹かれなかった。

ところが中学校に入ると、好きな女子というのがいなくなる。これは、中学生になると月経が始まった子が多くなって、一時的に輝きを失うからではないかとも思うし、うちの学校では登校したら青のジャージに着替えて生活するよう指導されていたせいもあるだろう。私のいた中学ではあまり成績優秀な女子がいなかったりしたこともあった。優秀な女子は東京の私立中学へ行ってしまったのかもしれない。ただし私が好きだった子は、反対側にある別の中学校へ行っていた。そして私もまた、年齢的に、男子とのつながりを優先していささか女性嫌悪的になっていたからかもしれない。

さて、アメリカから帰ってきたあと、私にはさすがにいくらかの変化があった。反動から、「正しい日本語をしゃべる会」だの「男女平等会」だのというのを勝手に作り、その頃創刊された『フェミニスト』などという雑誌を購読し始めたりした。別に「女のため」ではなく、「男のくせに泣くな」といった言い方が男性差別だと思っただけのことであった。その一方では五人の友達を戦国武将に仕立てた長編漫画を描き始めていた。

その十二月のことだが、K市の複数のラボ・パーティが合同で催しをすることになり、私は夕方から、家のすぐ近くの久山先生のところへ出かけていった。普通の住宅だったが、けっこう広い居間があり、多くの人が集まっていた。ラボテープの新しいのがグリム童話集だが、中の『きてれつ六勇士』というのを演ることになって、大勢でわいわいと相談していた。見知らぬ小学生の男女がたくさんいた。

その女の子と、なぜ話し始めたのか、また何を話したのかは、覚えていない。藤野直美という平凡な名前の、たしか二つか三つ年下の小学生だったが、少し色の黒い、やや悪女風の、小動物めいた子だった。気がつくと私たちは、隣りに座って、排他的に何ごとかを話し続けていた。隣で、不思議そうな顔で私たちを見ていた、さらに年少の小学生の男の子が、「あっ、この二人、恋だ、恋!」と叫んだ。私は「フナの大きいの?」と答え、藤野直美も「フナ?」と言った。まるで、本当の恋のようだった。

大岡昇平は『俘虜記』で、俘虜収容所の図面を提示しながら、「文字をもって対象を書き尽すべき文学者として、図形の助けを藉りるのは屈辱であるが、小学校の進歩的教育によって、視覚的に甘やかされた現代の読者は」などとぶつくさ言っている。これは大岡がコンプレックスを抱いていた推理小説に、しばしば殺人現場の図面が出るのを念頭に置いたのだろう。それからするととんでもないことながら、この子の顔や雰囲気は、小川仁志『ヘーゲルを総理大臣に!』(講談社)という本の表紙に「うめ」という漫画家が描いた少女の絵がよく表している。

話し合いが終わって、みなが三々五々、表に出た。私と藤野直美は一緒に外に出て、何ゆえか私は彼女を背中におぶって、走り出した。その家の前に四角の道路があって、そこをぐるっと一周した。考えてみると、当時はけっこう筋力があったのである。終わって戻ってくると、久山先生がほかの女の先生とそこに立っていて、

「藤野ちゃん……」

と、呆れたような声を出した。

私は、いくらか藤野直美のことが気になってきた。次に久山先生宅で集まりがあった時、藤野直美の姿を探したが、見当たらなかった。訊いてみると、今日は風邪で休んでいるとのことだった。

結局、私が藤野直美に会ったのは、おぶって走ったその一回だけだったのだが、しばらく私の頭の隅っこに、藤野直美は住み続けていた、というのが、この話のつまらないオチなのである。

私は高校受験に失敗し、すべり止めで受けた東京の私立高校へ行くことになっていた。その春、最後のラボキャンプに参加したのだが、その際、おのおののロッジで催しごとをすることになった。私のいたロッジでは、ディスコをやろうということになった。ところが少し離れたロッジで「キャバレー」をやっていた。そこで見物に行くと、ふんわりしたピンクっぽいライトをつけて、椅子代わりのテーブルに座ると、ちょっと年上の女の子が、やや色っぽい服装で隣に座って肩を抱いて話しかけ

てくれたから嬉しかった。どきどきした、と言ってもいいだろう。だが、ほどなく、乱暴な男子が、女の子への接触度を高めようとでもしたのか、嫌がる女の子が逃げようとすると男二人が襲いかかるといった事件が起き、脇で座って不安げに見ていたチューターが「やめなさい」と言って介入することになり、私は、ああ嫌なものを見てしまった、と思って逃げ出した。

しかし今になって考えると、あの男子らは、性欲が暴走したのではなく、平和的にあのエロティックな催しが続けられることに耐えられず、むしろそれをぶち壊しにかかったのではなかったか、と思う。

ラボでは、私が高校二年生の頃に内紛があり、それは谷川雁と榊原陽の争いだったらしいのだが、その後谷川が解任されてラボを離れた。文学少年になっていた私も、読んでいたのは小説が主だったし、すでに時代の前景から離れて久しい谷川雁のことは、あとになるまでそれと認識できなかった。

大学一年の秋から、私は塾の講師のアルバイトを始めた。同じクラスの、少し好きだった女子の太宰尚子が、父親がいなくて、喫茶店のウェイトレスの仕事など始めたので、大学生にもなって親から(しかもそんなに裕福ではなく、弟も私立高校へ行った)小遣いをもらうなどいかん、と突然思い詰めて始めたのである。北千住から千代田線で一つ隣りの綾瀬駅にあった雑居ビルの中の東城ゼミナールという、小中学生対象の塾で、東大生が教えるというのが売りものだった。

働くのも教えるのも初めてだったから、緊張して、担当することになった五年生のクラスへ入っていき、おぼつかない感じで教え始めた。するうち、木村友子という女生徒を指名すると、つつつ、とやってきたその少女は、私にささやくような調子で、

「どんどん指名してやらせちゃうの」

と言った。私がおたついているのを見ての助言だが、その対等な感じのささやきに、私ははっとしてその少女を見ると、めがねをかけてちょっと色の黒い、目つきの冷静な感じの子だった。

その、まるで年下の者に言うような「やらせちゃうの」という口調で、私はけっこうやられてしまったのである。その時私はもう少しで二十歳になるところだったから、年齢は九くらい下だろうか。私は当時の流行で「ロリコン」を自認したりもしていたが、あとで考えると、二十歳で十一歳くらいの女の子を好きになるのは、特に異常なことではない。光源氏が若紫をひきとったのは若紫が十歳の時であり、古代人にとっては女は初潮を迎えれば結婚可能なのである。

もっとも、それからあと、木村さんとの関係がどうにかなるということはなく、ただその後、コピーをとっていたら、木村さんが、塾の外の友達らしい女の子と話しているのが耳に入った。その女の子は、木村さんを別の名前で呼んでいたが、すぐには聞き取れなかった。誰かが「木村さん」と呼んだ。外から来た女の子がけげんな顔をしたらしい。木村さんは、

「ここでは木村で通してるの。姜じゃなくて」

と言った。それで、さっきから女の子が「姜さん」と呼んでいたことが分かった。

私は、愚かな感動の仕方をしてしまったのである。当時の私はごく凡庸な左翼根性を持っており、在日韓国・朝鮮人についてろくな知識もなく、ただ日本の帝国主義の犠牲者のように思っていたから、在日韓国人の少女が下町でけなげに生きている、といったイメージが侵入してきたのだ。それで実に恥ずかしいことに朝鮮語のテキストなど買ってきたのだが、この世代の在日少女が、朝鮮語など話すとは思われず、母語は完全に日本語だった。それにこの塾は月謝をわりととっており、裕福な家の子供が主だったから、在日といっても豊かなほうだったのである。

のちに『ふしぎの海のナディア』というアニメを、初回放送ではなくヴィデオで観た時に、あ、これはナディアの系譜というのがある、と思ったのである。これはジュール・ヴェルヌの『海底二万マイル』を大胆に翻案したアニメで、原作にないナディアは美少女だが、アルジェリアあたりの民族だろうが、色が黒い。私はナディアが好きで、といっても私はミライ・ヤシマのようなのも好きで、つまり好きな顔だちにいくつかの系統があり、ナディアはその一系統らしい、と気づいたのである。

第三の「ナディア」は、もしかすると、カナダ留学中に同じ寮にいた香港から来た学生のイヴォンヌだったかもしれない。寮では階ごとに男女が分けられていたのだが、一階と二階、三階と四階の男女が、夕食などでテーブルをともにする習慣になっていた。色の黒いイヴォンヌにちょっと惚れてしまった私は、寮へ帰る途中、道の反対側を歩いてくる彼女が手を振ったというだけで気を強くして、彼女が風邪をひいているらしいと思った際、ここぞとばかりに風邪薬を持ってその部屋を訪ねたのだが、イヴォンヌは困った顔で、薬なら持っているから、と言って私を追い返した。

だが、「ナディアの系譜」は、あまりあからさまに美人だといけないので、やはりイヴォンヌは除くことにしよう。

となると、第三のナディアは、留学から帰ってきて、私が三十歳の頃、八王子のほうにある北辰女子短大で非常勤で教えていた時の学生・真轡《まぐつわ》愛子ということになる。私が教えたのは英語講読で、何しろ聖蹟桜ヶ丘という駅からバスに乗って八分ほど、そこから心臓破りみたいな坂を登ったところに北辰大学があり、その一部が女子短大であった。

ここで、月曜と木曜の週二回、三コマずつ教えることになったのは、英文科時代の同期生で北辰大の専任講師をしていた高桑の紹介で、それまで私は、予備校ででも教えるかと思って、大宮のほうの予備校へ面接に行くことになっていて、行く途中であまりに遠いので気力がなえてやめにしたことがあり、高桑から連絡があった時はまことに感謝したものである。

夏目漱石は「東大講師」であったという。世間には、漱石が東大教授の職をなげうって朝日新聞に小説書きとして入ったことを偉業のように言う人がいるのだが、「朝日新聞」に小説や随筆を時々書いて二百円という、今なら月収五十万くらいであろうか、そんなうまい話があったら、今大学教授をしている作家たちは喜んで大学なんかやめるであろうし、漱石はだいたい教授ではない。京大教授に招かれてはいるが、東京出身の人間が京都へ行くというのはいかにも面倒である。それはさて、この「講師」というのが、現代において、「専任」になれるかどうか戦々恐々の日々を送る学者の卵にとっては、聞くだけでビクン、となるような言葉であって、それは非常勤なのか専任なのか、これは天と地ほども違うのである。

初出勤の時は緊張したが、大きな講師控室へ行くと、大学院の後輩の室田広子さんや田代敦志がいたのでほっとした。中には、非常勤講師経験がなければ非常勤講師にしないという、靴を脱がずに靴下を脱げみたいな規定のある大学もある中、北辰大はそんなブラック大学ではなかったのである。この講師控室はとにかくだだっ広くて、老人の先生が、単位を落としたのか、講師室までやってきた学生に「なんでこんな所まで来るんだ」と怒鳴りつけていたり、中国人らしい先生が、大きなハンコをどかんどかんと押していたりした。そのうち、やや小太りの、少し年長かと思える人が話しかけてきて、それは仏文科の大学院にいてラブレーをやっている上野という人で、この人とも話すようになった。上野さんはその後R大学の教授になっていたが、先ごろ五十二歳で死んでしまった。

さて、北辰大学短大というのは、その当時は名門短大で、割といい家の美人のお嬢さんが集まっており、学力はばらつきがあったが、優秀な子は四年制に編入するという感じだった。私は渋谷の大盛堂へ行ってテキストを選んできたが、一つはヘンリー・ジェイムズの『ワシントン広場』でこれはいいとして、あと一つが『ナボコフ短編集』だったのはバカバカとしか言いようがなく、自分で読むのも難儀するようなのを、短大生相手にやったのだから無茶であった。月曜と木曜に、三コマずつ教えていた。

それでも学生たちは基本的にまじめで、最後に私が正しい訳を読み上げると、それをカリカリ書き写すのだった。大きな教室だったが、それでも毎回一番前、つまり私の真ん前に座っているまじめな女子学生もいて、その最たるものが真轡愛子だったのである。真轡愛子は色が黒くて、スポーツをやっているとかで野球帽を後ろ向きにかぶり、話すと「うんこ」とかそういうことを言う子で、「あたし、女捨ててますから」などと言うのだが、顔だちは丸顔で目が大きく、けっこうかわいくて、私は二、三ヶ月するうちに、この子が好きになっていた。好きといっても、本格的に、ではなかったが。

だが、ここの女子学生では、休み時間になると私につきまとう三人組がいて、一人は山本陽子に似た美人なのだが、口を開くととんだじゃじゃ馬で、この子は私と同じK市から通っていたが、その割に帰りが一緒になったりはしなかった。別の一人は、夏休み明けに会うと、

「先生、男になった？」

などと性質《たち》の悪いことを言うのである。

また、この三人とは別に、勉強を教えてほしいと言われて、五人くらいの女子学生と、授業のあと近くのファミリーレストランへ行ったこともあり、いま考えると妙にリア充な日々だったのだが、当時は、翌年の就職が大阪に決まりかけていることで、期待と不安が渦巻いており、それどころではなかった。

ジュール・ヴェルヌの『海底二万マイル』を原作とすると言いつつ、まるで中味の違ったアニメ『ふしぎの海のナディア』が放送されたのは、この短大で教える前のことだが、私はその時は観ていなかった。観たのは、それから七年ほどあと、大阪で、ビデオを借りてきて観たのである。中だるみのしたアニメだったが、主人公の、色の黒い少女ナディアがかわいかった。

大阪大では英語の教師を五年やった。今から考えると短い期間だが、神経を病んだりいろいろなことがあった。英語教師のいいところは、「英語なんかやって何になるんだ」と言われないところだが、専門の文学は教えることができず、雑談的に話すくらいだったし、二年目には二冊目の著書も出していたが、学生はそんなことは知らず、図書館から『洒落本大成』の一冊など借り出してキャンパスを歩いていると知った学生に出会って、「英語の先生なのになんでそんなもの持ってるの」などと訊かれるありさまだった。

私が所属した言語文化部というのは、一九七六年に教養部から語学教師が独立してできたもので、十年ほど前にその上に言語文化研究科という大学院ができていた。しかしこれは助教授になって二年目から授業を持つことになっており、私が講師から助教授になったのは三年目だから、最後の一年しか大学院の授業は持たなかったが、それ以前にも相談に来た学生などはいた。とはいえ名前のせいか、言語学をやる学生が多かった。

そんな中で忘れがたいのは、法学部で英語を教えていた錦城《きんじょう》伸子である。この子もちょっと色黒だったが、なんで京大でなく阪大へ来たのかと思うほど出来が良かった。英語を教えていても、出来がいいのは医学部、次に人間科学部や法学部で、文学部の学生はかなり出来が悪かったのは残念なことであった。錦城さんは私の研究室まで質問に来て、けっこう頭脳明晰なところを見せてくれた。スポーツもやっていて体が頑健で、公務員試験を受けて外務省へ入った。その年阪大から入ったのは二人だけだったから、やっぱり優秀な学生は分かるもんだなあと思った。

この錦城さんも、その後は音沙汰がないので、時おり検索しては存在を確認するばかりだ。

その後私は、阪大を辞めて東京に帰ったが、一度結婚して二年半で終わり、婚活をしている間に母にがんが発見された。あのまま大阪にいれば今ごろは教授だったなどと言う人もいるが、私が大阪にいたら母の闘病の際どうなっていたか分からない。私には東西を新幹線でたびたび往復するなどということはできない。

母の、抗がん剤投与という、治療というよりは寿命を縮めただけだった闘病の初期に、私がネット上で知った女性と本郷のルオーで会った時、彼女は二十三歳の大学院生で、なぜか当時焼けていたのか色が黒かった。「あっナディアだ」と思ったかどうか分からないが、私はその女性と結婚した。母が死に、五年後に「ヌエ」と呼んで私が嫌っていた父が死んだ時、葬儀場へ向かう途中、書店で「ナディア」のアニパロ本を買ったのは、そのせいでもあっただろう。

紙屋のおじさん

「ヌエのいた家」という小説を発表する時、私は編集者に渡す前に、何カ所かを削除している。そのうち、衝撃的過ぎると思った、冒頭と最後の、母の手帖から抜き出した箇所は、単行本にする際に復活したのだが、ほかに、母の兄である伯父に関する箇所も、さしさわりがありそうなので削除しておいたのを忘れていた。

その秋は、安保法制とかが国会に上程されて、わあわあとこれに反対する声がかまびすしく、学術・文化界を壟断した団塊の世代の連中が親玉になって、「安保法制に反対する学者の会」だの「ママの会」だのができて、実に鬱陶しい秋になった。毎日わっさわっさと署名が増えて、こんな馬鹿なものに署名するとは思わなかった人の名まで見つけて、私は愁いに沈んでいた。法案が通って沈静したかと思ったら、今度はイスラム国によるパリでのテロ事件があり、東大宗教学を出た私の八つ下の映画監督が、フランスによるイスラム国空爆を批判して、「テロリストがパリにいるならパリを空爆すればいいじゃん」などとキチガイ沙汰のツイートをしていたのでまた不快になっていた。

その伯父さんの訃報が入ったのはそんな最中の十一月半ば過ぎで、それも死んだのはもう半月も前、葬儀はとうに済んでいた。から私は香典だけ送っておこうと思い、調べると、普通の現金書留よりやや大型の封筒があり、定形外になるという。その頃ちょうど、最近やたら多い連休だったから、とりあえず香典袋を作っておこうと思い、確か香典袋があったはずだと思って探したが見当たらず、妻に、ないかと訊いたらあると言う。ところが妻も探したらなかったようで、今度は気合いを入れて引き出しの奥まであさったら見つかった。

そして連休明けに郵便局へ行って大型の現金書留封筒を買ったのだが、このインターネット時代に現金書留のようなものがまだあるのは珍妙で、互い違いに貼り付けたってはさみでチョキン、とやればおしまいだし、封筒は通常のもので保険だけつければいいのではないかと思いつつ、翌日出しに行くと、昨日売ってくれた女性職員とは別の男性職員が「これは定形外になりますので」と言うから、分かっておたくで買ったんだよ、と内心で思った。

私のところには多くの郵便物や宅配便が来るのだが、毎度私が出るのは面倒なので、土日は妻が出ることになっている。S急便では、いつも七十を超えているのではないかというおじいさんが来る。さて平日、マンション入り口の呼び出しが鳴ったので、出ると、そのおじいさんが、「あっ間違えました」と言って切ってしまった。それなりに嫌な予感はしたのだが、こういう場合、こちらからドアの外にいる人を呼び出すことができないから、部屋へ戻ると、またピポピポ鳴らしている。

前にもこういうことがあって、というのは妻宛の宅配便が姓が違うので、一件の家には一つしか姓がないと思い込んでいるおじいさんが、私の顔を見て、間違えたと思い込むのである。仕方ないから不機嫌な顔で出ていくと、「いや、坂本さんはこちらでいいんですか?」と言うから、黙って坂本名の判子を押して、「いいんですよ」と言うと、

「いやいつも藤井さんだから」

と言い訳がましい。

住宅街を歩くと、「マスオさん」で、二つの姓の表札が掛かっているところが多いのだが、マンションだからそういうことはないと思っているのだろうか。

さて、この伯父さんというのは、母の上から三番目の兄である。母は男五人、女三人の八人きょうだいの次女で、男のほうは三人が上、二人が下で、どういうものか兄たちはがっしりした体つきなのに、弟たちはやせ形だった。

だいたい私は、子供のころは母方とは親戚づきあいがあったが、父方とは当時からなく、二十歳を過ぎるころには母方ともとだえがちで、イトコたちとも、唯一母と仲がよく、結婚前に一時うちに寄宿していた母の妹の婦美子叔母の娘たちくらいとしか関わりがなくなっていた。

母が生きていれば七十五で、死んだ道夫伯父さんは八十だったが、もう二十年くらい前からがんで手術などしていて、それでも生きていた。母はきょうだい中では真っ先に死んでしまった。本人もそれを口惜しがっていた。

茨城県といっても西のほう、鬼怒川と小貝川の間に、母の実家はある。長兄の修一郎伯父は今もいて、長塚節の『土』に出てくるような言葉で話しているから、朗読してもらうか、無理なら話し言葉を録音しておこうと思いつつ、果たせていない。

母は中卒で銀行に勤めたが、ほかのきょうだいたちもおおむね中卒だろう。一番下の、イラストレーターになった健介叔父さんだけが高校へ行ったのだったかもしれない。それぞれに辛酸を嘗めただろうが、道夫伯父は、その中でも、昔でいえば丁稚のようなところから身を起こして、紙の流通の仕事で独立して成功した人である。といってもそんな立派な会社ではあるまいが、きょうだい中では最初に成功した人だったろう。若い頃、仕事をとるために、霞が関の官庁へ日参したという話を母から聞いたことがある。

伯父は、うちにわら半紙をよく持ってきてくれた。私がいろいろ紙に書くのが好きなので、一度持ってきたら、母がそれを二つ折りにして裁縫用の絲で背を綴じてくれ、それに漫画などを描いていたから、それからちょくちょく持ってきてくれるようになり、それが小学校高学年まで続いたと思う。私ら一家は小学校三年の始めに、伯父の住むK市に越してきたのであった。K市には、伯父が最初に住んで、東京への交通の便もいいからか、母の姉が住み、ついで婦美子叔母がK市中心部の商家だった家に嫁ぎ、続いて私たちが来たのである。

つまりはいくらかは成功者であった伯父を頼って、貧しい家に生まれたきょうだいらが懸命に生きてきたというのが実情なのである。

その、伯父からもらったわら半紙を綴じたものに、私はもっぱらマンガを描いていった。はじめは、「ウルトラセブン」と「ジャイアントロボ」をあわせた「ウルトラロボ」とか、小学二年生のころに復刻版が出て、読み耽っていた「のらくろ」のまねをした「シバ二等兵」などという模倣もので、読者はというと母なのであった。五年生になると、ようやく土地と学校に慣れて友達もできたから、学校でノートにぶっつけで、「レインボーマン」の二次創作めいたものを描いて級友に回覧し、その頃始まった人形劇『新八犬伝』に夢中になったところから、これを漫画化し始めた。といっても最後まで行かずに中絶したのだが、その最後まで、伯父のわら半紙に描いて、同じクラスの『八犬伝』好きの連中に回覧していた。それが始めは、子供向けの『里見八犬伝』を買ってきて熟読し、その挿絵などを参考にしてキャラクター造形をしていたのだが、その著者は村松定孝であった。しかるにそのうち、『グラフNHK』をとり、その他人形劇に関するグッズなどが手に入ると、次第に漫画の人物は辻村ジュサブローの人形を真似るようになり、ギャラリーヤエスで開かれた人形展へ行って頭を模写するなどして、漫画は人形劇をそのまま漫画化したものになっていったのであった。

中学二年生の夏にアメリカでホームステイした後の秋に、友達五人と自分を戦国武将に仕立てた、いたずら描きのような漫画を描いたら受けたので、その続きを描きながら、いろいろ設定していったら、それがノート二十冊になんなんとする大長編になり、高校へ行ってからも描いていた。中学生になってから歴史好きになり、大河ドラマにあわせて海音寺潮五郎や司馬遼太郎を読み、カゴ直利の歴史漫画を読んで多大な影響を受けた。

だがこの年ごろで漫画を描いてのちプロになるような人と違って、私のは定規も使わずペン入れもせず、ノートにぶっつけで鉛筆で描いていた。ひたすら物語を先へ進めるのが面白かったので、ずっと先のほうまで腹案はあったのだが、遂に完成はしなかった。中学生の時は漫画家になるつもりでいたのだが、高校へ入って大江健三郎などを読み始めて、俄然小説家志望に変わったせいもある。母の弟でイラストレーターをしている叔父が、その頃私の漫画を見て、ストーリーは面白いが絵が下手だと言ったが、考えるとそれほど下手ではなく、ただ世間に通用させるには、ペン入れができないのが難で、実際一度はペン入れをしてはみたのだが、鉛筆で描くのとは勝手が違ったし、一枚描くのに数時間かけるといったやり方は、せっかちな私には無理だったろう。

ともあれ、私がものを書いて生きるようになった発端には、この伯父が持ってくるわら半紙があったというわけである。

現金書留を出した翌日、私がちょっと図書館へ行っている間に、伯父さんの奥さんであるおばさんからの電話が留守電に入っていた。妻はいたのだが、固定電話はだいたい私宛なので出ないのである。それでも、留守電の印の赤いランプがぺかぺかしているので、再生すると、おばさんだったが、再生を始めると妻は部屋から出てきて、脇に立って聞いていたのは、時折留守電にキチガイからの電話が入っていたりするからである。

おばさんは、香典のお礼を言いつつ、現金書留の電話番号が薄くてよく見えなかったから、間違っていたらごめんなさいなどと言っていたが、私は筆圧が弱いと言われて、カーボン紙複写ではたいてい下のほうのは見えないのである。しかしどうしてみな、そんな強い筆圧で書けるのだろうと思うことがある。

このおばさんとは子供の頃何度も会っているのだが、私は長いことおばさんの名前を知らずにいた。道夫伯父が結婚したのはうちの母よりあとで、だから私より年少のイトコが二人、上に女の子の美香子、下に男の子で拓也というのがいたから、伯父のほうは「道夫おじちゃん」と言い、おばさんのほうは「美香子ちゃんのお母さん」などと呼んでいた。しかし、父や母が「エイコさん」と時おり言っているのがそのおばさんであることは分かって、しかし字まではどうも覚えず、今度「詠子」であることが分かった。

夜の七時ころ、ああそうだと思っておばさんに電話すると、ああ番号間違ってなかった良かったわと言い、K市にいる親戚とか知り合いだけでごく内輪に葬儀をやったとのことで、かえって悪かったかしらね、などと言う。

私が最後に葬式に出たのはもう六年も前、婦美子叔母の夫が死去した時で、こうも葬式が少ないのは、人づきあいが悪いせいもあるが、人が死なないからでもあって、大学時代の師匠などみな八十代で生きている。大学院の先輩の小森さんが六十代で死んだ時は、行こうかと思ったのだが、小森さんは独身で、お姉さんが喪主のようなものをしたらしいのだが、問い合わせると、遺族としては特に公表する気がなく、密葬にしたかった、というので、行くのはやめにした。

小森さんは、大学院の博士一年で私が初めて学会へ行き、懇親会に出た時に、食べ物に手を出しながら、「食べなきゃ嘘だよー」と言っていたのを覚えている。その頃四十少し前だったと思うが、それから二、三年あとに、「結婚はもう諦めたよ」などと言っていた、という話を聞いた。その頃、妙にきゃあきゃあした女子院生が、やはり独身だった先輩女性の武藤さんと小森さんを結婚させようと言って騒いでいたものだ。

もちろんそんなことにはならなかった。八年前、母が死の床についていた頃、私は珍しく学会の東京支部会に出て小森さんの発表を聴いたのだが、小森さんはもともとフランス十八世紀思想が専門で、だがその時は日本の、五十歳で死んだ女性の児童文学者について発表した。その際、引用文を朗読していた小森さんの口調を聞いて、私の近くに座っていた女性二人が「泣いてる？」と小声で言っていたから、見ると、確かにいくらか涙ぐんでいるようだった。

死んだあとで聞いたら、その前に脳梗塞をやっていて、最後も結局それで死んだらしいのだが、その前に小森さんは初めての著書一冊を上梓していた。

小森さんは、若い頃に東京の一流の私立女子大に就職して、最期まで勤めていた。だから職歴としては幸運な人なのだが、病気をした時点で、大学を辞めて療養するという話もあったらしい。だが勤め続けたというのは、それは無理もないので、独身で、多産な文筆家でもない学者が、勤めをやめて家にいたら、そりゃ寂しくてしょうがないだろうから、辞めなかったのは当然だろう。

近ごろ読んだ本に、立川談志が「夭折」したと書いてあって、談志は七十五歳で死んだのだが、平均寿命が八十を超えているから夭折だ、とあり、それはもう言葉の用法としてめちゃくちゃだろうと思った。しかし六十代で死ぬと、早いなと思うのは事実である。

モーツァルトが、父親に結婚を認めてもらうため、独身者は寿命が短いと書いたということがあるが、それで結婚したモーツァルトは、しかし早死にしてしまった。

そういえばその学会の時に、学会の会長の甘蔗生《さとうぶ》先生が来ていた。甘蔗生先生は、大学院のはるか先輩だが、その時の会場だった二天一大学の教授をしていて、もう定年になっていたが、私は英文科の学生だったころ、非常勤で来ていた甘蔗生先生の授業をとったことがあり、幻想文学だったのに受講者が少なく、それで私はカゾットの『悪魔の恋』なんかを（翻訳で）読んだのであった。その最後の授業の時だったか、甘蔗生先生が、このあと本郷三丁目の駅のほうにある「男鹿」という居酒屋で呑んでいるので、来たい人は来て下さいと言った。私は行きたかったのだがあいにくその日はアルバイトがあり断念した。

そのあと学会で会うこともあり、私が大阪へ行った年だから九四年に、愛知県立大学で学会があり、その懇親会で、お互い話し相手がいない同士で甘蔗生先生と立ち話していたこともあり、別に学会の大物という感じでもなかったから、会長になった時は驚いたものだが、私の若い頃の、大物会長の時代とは違っていて、文学の学会などというのは、会員も減るし学会発表する人も払底していたので、会長も二年くらいで交代するようになっていたのだ。

そういえばその道夫伯父の死んだしらせが来たころ、私はまた久しぶり、八年ぶりに甘蔗生先生に会ったのであったが、八年ぶりといって、あちらはもう八十二歳である。これも学会の東京支部会で、二つの発表の最初のほうの司会を甘蔗生先生がしていたのである。会場はT大駒場という、私の馴染みの場所で、私はここで大学一、二年と大学院時代を過ごし、浪速大学を辞めて大阪から帰ってきてから、八年ほど英語の非常勤講師をしていた。中には勘違いして、私のことを著書で「東大教授」と書いた人もおり、嬉しかったのでコピーをとっておいた。
で、その非常勤講師を雇い止めになったというのが、キャンパスが禁煙になって、私が何をこのと思って夏休みに喫っていたのを、何ゆえか自転車でキャンパスを巡回していた化学の教授に咎められて論争になり、最後は非常勤講師を雇い止めになったのである。以後、私は非常勤すらどこでもやっていない。

その頃から駒場キャンパスはあちこち改築されて、懐かしい生協もなくなり、左翼学生の反対を押し切って寮を取り壊して、白々した建物が建ち、陰影が消えていった。まったく陰翳礼讃もしたくなるのが今の駒場で、これでは隠れて煙草を喫う場所もない。それでも図書館だけは便利なので、もちろん講師としてではなく卒業生として使っているが、これは借り出しはできない。それも、正門から入るのではなく、駅を反対側へ出てたらたらと歩き、元は東大前駅があったあたりの踏切を渡って裏手から行くのである。

二十年前なら、授業中に煙草を喫うこともできたのに、それだけで大学のアウトローになってしまうのである。結局それ以後は、学会からもとんと足が遠のいた。というより、駅のプラットフォームが禁煙なので、電車に乗ってどこかへ行くのさえ嫌になった。

いわんや、学会がある出身研究室は、奥の方の新しい建物にあり、久しく近寄ったことがなかった。

行く気になったのは、十年以上前に、先輩の浦川千津子さんという美しい女性がいて、この人は前橋大学の教授なのだが英語の非常勤をしていて、その当時親しくしていたからで、二番目の発表の司会を浦川さんがやるからであった。

その日は十一月で駒場祭つまり学園祭の当日であった。駅を降りて、階段を下り、どこか喫煙する場所はないかと、その階段の裏手へ回ると、喫っている人がいたから、そこで喫い始めたら、そのあたりに、「禁煙」とか「煙吐くな」とか手書きで書いた小さい紙があちこちにべたべた、セロテープで貼り付けてあった。いずれキチガイ嫌煙の仕業だろう、と思った。

久しぶりに正門から入っていく。駒場祭だからわいわい言っているが、不思議なもので学園祭というのは、私の学生のころと比べて全然進歩していない。何かアート系のステージをやっていて、あとはずらっと模擬店が並び、何もそんなものを食うがものはないというようなものを、学生の親らしいのが立って食っている。T大生の親というのは、どういうものか顔つきが変である。これは恐らく、まともな顔つきをしている親というのは、子供がT大へ入ったからといって浮かれて学園祭へ来たりしないからであろう。

私は若い頃、ここの教授になるつもりでいたのだが、もとより今ではそんな可能性はゼロである。だがこうして足を踏み入れると、こんなところで教えたくないと思うのが価値である。非常勤をやっていた七、八年前まで、文科三類の学生に進学希望先を訊いてみると、年々、国際関係論、というのが増えていって、しまいには、文学部へ行って文学をやりたい、などという学生はいなくなってしまった。

それでいて、「文学部不要論」などが出ると、しゃかりきになって反論したりする文学研究者がいるからおかしい。もう学生のほうで、文学などやる気はないのである。だいたい私の頃だって、私が一番熱心だったくらいで、文学をやりたくて大学へ来たなどという者はごく少数だった。最近気づいたのだが、法学部や経済学部へ行きたかったのに、自信がなくて文一や文二を受けなかったというような学生は（本当は文二より文三のほうが偏差値は高いはずなのだが）、文系なら教育学部の教育行政へ行き、理系なら農学部の農業経済へ行くらしい。

そんな人混みの中をするする抜けて奥のほうへ行くと、ここはまた静かである。昔はキャンパスの裏手のほうは、古くて怪しい建物がごてごてあったものだが、そこがスッキリして、裏のグラウンドが丸見えになっている。

建物の入り口へ行くと、中に青年が一人立っていて、手動で自動ドアを開けてくれた。土曜日なので、外からはあかないらしい。私が彼に、

「開けるためにここに立ってるんですか」

と訊くと、そうです、と苦笑した。

それから四階へ上がると、「コラボレーション・ルーム」というのが並んでいる。なんでこういう名をつけるのか。「共同研究室」とかでいいではないかとむかむかする。その一室へ入ると、あたかも甘蔗生先生の司会で、女子院生が発表中である。

私は盗人のようにこそこそと入っていくと、真ん中へんに座を占めた。もう十年前からそうなのだが、パソコンのおかげで、レジュメというのは、発表することが全部書いてあるようになり、これなら、貰って帰ればそれですむ、という、発表というのが、デリダ言うところの音声中心主義的な儀式になるんじゃないかと、常日頃ポストモダンをバカにしている私でも思うのであった。

私は子供の頃からの閉所恐怖症である。大阪へ行ったあとそれがひどくなって、列車に乗れない、急行がダメといったあたりから、ひどい時は喫茶店へ入っても怖かった。これは、自分が今ここから出られないという意識から恐怖が来るのだが、喫煙者となると、今自分がいるこの建物は禁煙だ、というところから怖さが来る。途中から入ったが、それでも終わるまで三十分はあっただろう。終わるとまずそそくさと外へ出て、エレベーターで一階へ降りると、入り口の反対側にドアがある。だがこれは多分、いったん出ると戻れなくなるドアである。そこで、そこから出ながら、下に落ちていた石というより微小な何ものかを拾ってドアに挟み、そこでガラムスーリャマイルドに火をつけた。

ところで、今出る時、向いの部屋でも何か開かれているのが目についた。それはイタリア文学の西本先生と、フランス史の池上氏の対談らしく、その司会をしているのが松元美也子さんであった。松元さんは私と同期のイタリア文学専攻の人で、ちょっと美人であった。私の時の卒業アルバムには、法文二号館という建物の、あちらからこちらへ抜けるところを、背の低い松元さんが、男と二人で颯爽と歩いてくる写真が載っていて、それが光の加減でかっこいいのである。

私は高校生の時に、カール・ベームが来日したベルリン・オペラをＮＨＫ教育テレビで観て、「フィガロの結婚」に感銘を受け、大学へ入った時には、美学科へ行ってオペラの研究をしようと思っていたのだが、大学へ入ってからピアノを習いだしたとはいえ、当時バカで、オペラはイタリアが本場だと知らず、ドイツ語を第二外国語にして挫折した。それでも三年生になった時、まだできて十年もたっていないイタリア文学科の、西本先生の授業の第一回に出たのだが、その時は松元さんと二人で、イタリア語を読む授業だったのは当然ながら、私はそれまでイタリア語をやったことがなく、次からは出なくなった。今にして思えば、それから懸命にイタリア語をやれば、美人と二人きりの授業に出ていられたのだが、当時の私の語学のダメさはひどいもので、英語すら覚束なかったのである。

松元さんはイタリアで博士号をとり、イタリア人と結婚して、Ｔ大の駒場の教授になっているのであった。非常勤をしていた時、同じ時刻にイタリア語を教えていたこともあり、その教室を通りすがりにその姿を見たのは覚えているが、話したことはなかったかもしれない。ただしメールで時どきものごとを尋ねてはいた。

私は煙草に火をつけて最後までそのまま喫うということはなくて、途中で消しておいて、またつけるという喫い方である。家にいる時はもとより灰皿に置くが、こういう外出中は、消して箱に戻す。

再び四階へとって返すと、西本―池上対談が終わって、エレベーターを出たとっつきの部屋で懇親会をやっていた。もちろんこれも禁煙である。最近、学者のやる会というのは、酒は出るが禁煙で、私は酒を呑まないから、バカバカしくて出ない。

この部屋も「コラボレーション・ルーム」と名前がついているが、実際は懇親会室みたいである。人々は奥のほうに固まっていて、私はせっかく来たのだから松元さんと少し話していこうと思って覗いてみたが、遠くてよく分からない。すると入り口右手に座っていた受付の女性二人が、半腰で立ち上がって、どなたかお探しですかと言う。

さすがに私も年をとって図々しくなっているから、「松元先生はおられますか」と訊くと、あ、いらっしゃいます、と言って手で示す。「ああ、あの左側に……」。松元さんは背が低いからすぐ分かるかと思ったが、存外はっきりしない。

それでも教えて貰って分かったので、近づいていって声をかけると、「まあ藤井さん」と言って、ちゃんと相手をしてくれたから、やれ嬉しや、と思った。

私のような学者世界のならず者と話をしてくれたから、嬉しやなのであって、美人だからとは限らない。

私は別に悪いことをしたわけではないのだが、学者世界ではしてはいけない、ないしは一般世間でもしてはいけないことをずいぶんしてきたらしい。思えば、若い頃の私は、どうも自分のすることが他人と違うらしいと思い、なるべく普通であるように心がけていたのだが、そのうち段々タガがはずれてしまったのは、生来のものだと思う。

これは要するに、物事を隠しておけない性質である。子供の頃、「もーれつア太郎」という、赤塚不二夫原作のアニメを観ていたが、これはニャロメ、ケムンパス、べしといった動物たちが出てくる。そのエンディングが「ニャロメのうた」といって、「言いたいことを言え、ニャロメ、心の中にしまうのニャンて、今の世の中、ダメ、ニャロメ、何でもかんでも吐き出せニャロメ」と歌うのである。別にこの唄に影響されたわけではあるまい。また、うちの母は、正直であれば分かってもらえるとよく言っていたが、まあそれはいくらか楽天的だったとしても、世の中は正直でない者のほうが得をするようにできているのである。

母が死んでから五年ほどして発見したメモ帳に、「淳が不幸なら、それはわたしのせい。わたしの育て方が悪かったから」と書いてあったことは「ヌエのいた家」の雑誌初出で削って単行本で復活させたが、それはおそらくこの、正直であれと教えたことを私が恨んだ、と私が書いたのを母が読んだせいもあるのだろう。だが、私はあまり母の教えは関係ないと思っている。生まれつきなのである。

学生の時には、知っているが黙っていなければいけないことというのはあまりない。世の中には、育った家庭に秘密があるとか、友達の秘密を知ってしまったとかいう人もいるだろうが、私にはなく、三十を過ぎたあたりから、秘密にすべきことが増えてきて、とうとうそれをちょびちょび世間に発表しているうちに、ならず者になってしまったのである。

T大駒場ではイタリア語の専任教員は松元さんが最初で、それより前は、比較文学の私の師匠である室田先生が教えていて、私も大学院一年の時室田先生の授業に出ていた。その時は、前期に文法をやって後期からブッツァーティのものを読んだのだが、今でこそブッツァーティは翻訳もあって知られているが当時は知らず、先生に、「この作家はまだ生きているんですか」と訊いたら、「さあ」と言ったからちょっと驚いたことがある。

さて、私が最近やった「悪いこと」といったら、この室田先生が雑誌の対談で、私のことを歪曲して話したので、版元の後醍醐書店に電話して、反論を書かせてくれと言ったら、問答無用で断られたのみならず、単行本にした際もほぼそのままだったから、民事提訴したことである。それでも室田先生を直接提訴はしなかった。

しかし室田先生の件は、その数年前に出した英語の本の、元院生だったカナダ人による書評のあたりから端を発したもので、室田先生はいわゆる自国中心主義が強い上に、攻撃的でもあるから、昔からこういう紛擾は多かったのである。もっとも、妻に言わせると私と室田先生は似たもの同士だそうで、さらにその師匠の島田先生というのが、やはり人と衝突することの多い人であったから、学統でもあろう。しかしこんな学統を続けていたらまずいというので、後継者には温厚な人が選ばれたと、言えば言える。

実際の松元さんに会うのは久しぶりだが、それほど変わってはいなかった。私が、向いの比較文学会に来ていると言うと、

「あら、破門もされないで」

と言うから、ああ、いい人だなあと思ったのである。大抵はそのことに触れないようにするのが、さらりと言ってしまうところがいいのである。

松元さんは、

「もう、西本先生が話していると、時間が止まったようで……」

と言ったが、その気持ちは私もよく分かった。自分らが五十になって、昔の教員が八十近くなって

まだ元気なのである。西本先生ははじめフランス文学専攻で、カナダのラヴァル大学で博士号をとり、教授になってから、落語「死神」の元ネタがイタリアのオペラなので、それについて東大の国文学で二つ目の博士号をとった。室田先生は、若い頃に比較文学で文学博士号をとっているが、定年後、組織が変わって比較文学が学術博士に変わったので、そっちもとりたいと言っていたが、難色を示されてやめたらしい。

駒場は女性教員も増えてきたが、私の知人では、西洋人と結婚して「ストランド千恵子」とか「ドリス恵子」とかの名前にする人がいたから、松元さんは姓変えないんですねと言うと、「変えたくなかったから」と言っていたが、私は夫になった人の姓を知らず、あとになって考えてみたら、「ジラルデッロ美也子」ならいいが、「モロ美也子」とかだと名のりにくいし、「モロ松元美也子」にしたらおかしい。ＭＭＭになって、スリーエムとかトリプルエムとか呼ばれかねない。

室田先生には三人の娘がいて、長女の鉱子さんというのが、大学院の後輩で、今は結婚して室田先生宅の三階に住んでいるはずである。

「鉱子さんの子供とうちの子供が同じ幼稚園だったんです」

と、松元さんは言い、

「それでエレベーターに乗ってたら隣に室田先生がいるのに、あたし気づかなくって、そしたら

『パーレ・イタリアーノ?』(イタリア語を話しますか?) っていきなり話しかけてきて……」

というような噂話がはずんで、「あ、何かお飲みになります?」と言うのを、いや、酒は呑まないので、と言って、そこを辞去し、元の部屋へ戻った。

大学というのは妙な錯覚を起こさせるもので、たとえば同じ大学に勤めている同士なら知り合いだろうと思っている人がいる。ところがそうは行かないのである。同じ学部ならまあ可能性は高いが、駒場の教養学部くらい大きいとそうも行かない。あるいは、誰それは今日は大学へ行っている、と言われて、むやみと大学へ行ったって会えるものじゃない、隣の教室にいたって分からないのである。こういう錯覚は、「村」と聞いて、商店街のようなものを想像するのと同じで、村たってでかいのである。

さっき最初の発表が終わったあと、立ち上がって、事務連絡をしていたのが、今度准教授になった江間裕子さんで、私は十年以上前、彼女が院生だったころに話したことがあり、その後私が留学していたカナダの大学へ行っていて、その後日本で博士号をとった。その当時に比べると貫禄がついていた(太ったというわけではない)、いい人事をしたなと思ったものだ(もちろんそういう時、自分がなれなかった悔しさを秘めて思っているのだ)。それで江間さんのところへ行って少し話をし、それから、浦川さんが立っていたのでそこへ行って久しぶりの話をした。

この日の発表は、最初が宮澤賢治、これから浦川さんが司会をするのが韓国人男性の院生で、芥川龍之介についてだった。研究というのは、まだ人がやっていないことをやるもので、これらの作家はもうやり尽くされているだろうと私は思うのだが、留学生の場合は、その国で日本の作家を紹介するという意味もある。それにしても、素朴な作家論的博士論文を書いているのはだいたい留学生である。

この日の発表も、「羅生門」を中心としたものだったが、最近は大逆事件を扱うのがはやっているらしく、永井愛の「鷗外の怪談」という、やはり大逆事件を扱った舞台が芸術選奨を受賞したりしていた。私の二年先輩で、T大比較文学の次代を担う、というより今担っている教授の若村蛍子さんはその日はいなかったが、彼女もまた最近は大逆事件前後の美術家について論文を書いており、そのせいか最近の学会（これはT大のほうの）機関誌で室田先生から厭味を書かれていた。

もっとも、私は世間で芥川研究の第一人者とされているS氏からは数年前に間接的ながらひどいことをされており、もっともそれとは関係なしに、S氏が、大逆事件の時に一高で徳冨蘆花が行った講演「謀叛論」を芥川が聴いていて、それが「羅生門」の反逆精神につながったとする論はとうてい無理があると思っており、だいたい芥川の級友らにはこの講演を聴いた者はあるが、芥川が聴いたという証拠はないし、私は「羅生門」に反逆精神があるとは思わない。さらに蘆花の講演そのものが、実際は生ぬるいもので（もちろんそうでなければ蘆花はただでは済まなかったろうが）、幸徳秋水らを処刑すれば彼らはキリストのように殉教者になってしまうとか、天皇の恩赦を与えるべきだとか、果ては「ぼくは天皇陛下が大好きだ」とかいうもので、『蘆花徳冨健次郎』で中野好夫も扱いに困っているくらいだ。

もっともそういう私の意見はブログなどに書いていて、浦川さんも見ているから、芥川研究に未来はあるか、といった話になった。浦川さんは、漱石と芥川の世代の違い、などと言い、私はそれを受けて、せっかく韓国人なんだから、漱石と芥川・久米正雄世代の、満洲・朝鮮に対する見方の違いをやればいい、と言った。実際、「満韓ところぐ〵」では満洲人をバカにしたような記述があると言われているし、最近では、「日本人に生まれて、まあよかった」などとした文章も発見され、室田先生がそれをタイトルにした本を書いている。

私の頃から、韓国・中国からの留学生はわが研究室には多く、博士号をとって帰った人もいるので、彼らもこういう教師に教わったのかと本国で言われると大変だろうと思う。さて漱石に比べると、やはり下の世代は違ったもので、久米正雄などは、日本に併合された朝鮮人を「亡国の民」として、すまない気持ちがすると「舞子」などの短編に書いている。

そんな話をしているうちに発表が始まり、浦川さんは発表者の脇に座って紹介を始めた。私も元の席について、あちこち見回すと、左手に九十にはなるだろうというお爺さんがいて、これは誰だろうとさっきから思っていたのだが、あれこれ世話になった佐伯彰一先生もこれくらいの年で、館長をしていたころに世田谷文学館で対談をしたのが唯一の面晤の機会で、その後も著書が出るとお贈りしていたのだが、もともと片目が見えなくなっていたのを、とうとう両目が見えなくなり、孤独な老人になった、などと手紙が来ていて、それでも朗読をしてくれる人が来る、というので相変わらず送っていたが、するうち耳も聞こえなくなったとの風聞に接したところであった。

そういえば、道夫伯父さんの奥さんだが、母が死んで、私と妻がホスピスから遺体につきそって自宅へ戻った時、きょうだいたちが次々やってきた中で、母の名を呼んで心底悲しそうにおいおい泣いていたのがこのおばさんだった。

だいたい、母は私が浪速大学を辞めたあと、定職に就けずにいるのを気に病んでいたから、非常勤を首になったり、A賞に二度落とされたりしたのを知らずに済んで良かったのである。

「ヌエのいた家」で削除したというのは、以下のようなところであった。

越谷から父母の郷里へ行くには、自動車のほうが近道なので、しばしば、紙屋の伯父の車に乗せてもらって往復した。伯父には私より年下の従弟と従妹がいて、全員は乗れないので、もう一人の伯父の車との分乗だった。帰りはだいたい夜遅くなって、ある時私が従弟と一緒に乗って帰る途次、私は

気づかなかったが、何か撥ねたらしかった。従弟が、

「お父さん、いま何はねたの」

と訊くと、伯父は、

「ねこッ！」

と叫んだ。この場合「こ」にアクセントが置かれるのである。


世の中には、猫の生き死にを人間以上に騒ぐ連中がいるから、と思って削除したのか、この「ねこッ！」というのが、実演しないと分からないからという妻の意見で削除したのかは忘れた。

芥川についての発表を聴いているうち、眠くなってきた。これはつまらないから眠くなったのではなく、私は神経症で薬を呑むようになってから、夕方になると眠くなるようになり、家にいる時は寝てしまうからである。

もっともそういうこととは別に、これを聴いていても意味はないなと思うともう帰りたくなるのである。五月ころに、やはり駒場で日本近代文学会があり、谷崎潤一郎の戦後の作品「A夫人の手紙」の資料が発表されるというので聴きに行ったが、内容はほぼレジュメに書いてあって、それでも前のほうに座って聴いていたが、途中で話すべきことは終わってしまって、谷崎とプラトニズムとかいう

どうでもいい話になったので、少し我慢したが、時間の無駄だと思って帰ってきてしまった。もっとも、駒場キャンパスも禁煙ゲシュタポ地帯になってしまい、それはどこでもたいていそうなので、早く帰りたい人間になったのはそのせいもでかい。

まあこういうことをしているから出世できないのであって、学会はちゃんと最後までいて、懇親会にも出て、文壇バーとかへ行くとかしないと賞ももらえないのであろうが、何しろ酒は呑まないし、酒乱になりそうな人が出ると逃げ出す。

夏場のほうが、荷物が少ないから逃げだしやすい。冬は、コートなど着ていて、それをつかんで逃げ出すから目立つ。その日も、これは逃げづらいな、と思ったが、しょうがないから鞄とコートを抱えて、さささささっと外へ出て、一服すると、正門のほうへ向った。

私はその頃、森鷗外の「舞姫」の、船の中で回想するという枠形式の、村上春樹の『ノルウェイの森』に受け継がれたものは、鷗外が何かドイツの小説を模倣したのではないかと考えていた。鷗外の初期作品「ふた夜」は当時の人気作家フリードリヒ・ハクレンダーの翻訳だから、ハクレンダーにないかと思ったのだが、原文はグーテンベルグ・プロジェクトに上がっているものの、英語での概説書さえなく、途方に暮れていた。そういえば『野菊の墓』もそうじゃなかったかと思って原文を見たら違うので、木下惠介の『野菊の如き君なりき』をユーチューブで観てみたら、まさに、老人となった笠智衆が、矢切の渡しの渡し舟の中で往事を回想する場面から始まっていた。ちょうどその頃、原節子も死んだ。

私はもう二年越しくらいで、川端康成の詳細年表を作っているのだが、『雪国』は汽車の中から始まっているし、「伊豆の踊子」は、踊り子と別れて東京へ帰る船の中で泣く場面で終わっている。その年表を一緒にやっているのが、川端研究者の鳴沢朱美さんで、この人は昔は村田さんといった。私が大学一年の時同じクラスで、もてない男同士だった津金沢というのが、高知から来たT大生とは思えない軽薄な感じの浜田という男の紹介で、つきあっていたのが村田さんだった。といっても男女交際ではなかったと思うのだが、学園祭で津金沢が模擬店か何かにいたら、その村田さんが男と一緒に来たというので津金沢は激しいショックを受けて、その頃私は津金沢の世話で、滝野川にある個人塾で教えていたのだが、津金沢がやはりT大の理系の先輩相手に、さんざん泣き言を言っているのを聞いた。

多分それより前のことだろう、津金沢が、どういう女がいいかという話で、「森鷗外」の「鷗」の字を正しく「鷗」と書けるようでないとダメだ、と冗談口調で言ったことがあった。どういうわけか、「塩」や「糸」は新字でも認める人が、鷗外の鷗だけは本字にこだわることが多いなと、その後思うようになったのだが、あとで考えたらこれは村田さんのことを考えていたのだったろう。

川端の伝記を書く時に、実証的で、ほかの人が避けている代作問題について論文を書いていた鳴沢さんに連絡をとって、メールのやりとりをするようになると、それがあの時の人であることに気づいたという次第である。おずおずと、その学園祭のことを訊いてみると、鳴沢さんは当時もてていたらしく、午前中と午後とで別の男と一緒で、津金沢の前に現れたのは別に恋人というわけでもなく、その後も津金沢とは年賀状のやりとりが続いているという話だった。

さて「ヌエのいた家」だが、妻が言うには、これは世間から反感を持たれる小説だという。世間では、いかなる悪人でも父は父、死者は死者で、ちゃんと葬儀をしなければいけないと思っているのだそうだ。

ふだんさんざんフロイトを振り回しているような人が、この父への憎悪小説に冷淡なのはなぜだろうと思っていたが、フロイトの人にとっては、隠蔽された父殺しの欲望を指摘するのが楽しみなので、あからさまに憎悪を表明されるとやることがない上、それは隠蔽されるはずだという理論にも具合が悪いかららしく、私は知らぬ間にフロイト批判をしてしまったことになる。母と娘の確執というのは最近よく描かれたり評論の対象になったりするのだが、これは目新しいからだろう。

しかし私の小説は、大きくも小さくもやたら誤読されるのはどういうわけであろうか。大江健三郎の『みずから我が涙をぬぐいたまう日』を、丸谷才一と平野謙が誤読したことがあったが、これは書き方が難解だからしょうがないとして、私は普通に書いているのに誤読される。子供が帰りたがったとか、私である主人公がケアマネの電話に出なかったとか、「死んじまえ」というヌエの台詞を私が言ったことにするとか、何か読者の中に時空の歪みでも生じるのかと思うほどだ。

誤読ではないのだが、大学生がディスカッションしているのをネットで聞いたら、「これは私小説のパロディです」と言っていたから、呆れた。これは、パロディとかパスティーシュとかメタフィクションとか言わずにいられない一種の文学理論病であろうが、坪内逍遥文学賞をとった俳人の平田流が「週刊猫曜日」に書いた書評を見たら「息子のほうに問題があるんじゃないか」とあったから驚いて、平田がツイッターにいたから、冒頭にあったヌエの暴言はどう見るのかと訊いたら、「ここでこれは信用できない語り手ではないのかと思って」などとわけの分からないことを言い出したが、これも一種の文学理論病であろう。

そういえばその年の春は、ヌエの相続手続きをしていたのだった。死んでから二年以上たつのだが、妻が通帳をなかなか渡してくれなかったからである。というのは、母の治療費、葬儀代、墓地料などは私が出していたので、ヌエの金から出させることにして、妻が細かく計算したのだが、「合わない」と言っていて、ごちゃごちゃしているから合わないのは当たり前で、相続してしまえば同じなんだからと言っても聞かなかったのである。

相続手続きが面倒なのはご承知の通りで、私は永福町の三井住友銀行へ三回くらい出かけなければならなかった。それはともかく、ヌエの通帳などが入っていたプラスチックのケースを渡されて、それが猛烈な石鹸の臭いがしたから、こりゃなんだ、と言うと、ヌエの体臭がしみこんでものすごい臭いがしたから、それを消すために香料をもって消したのだと言う。

確かにヌエの体臭はきつかった。これは私には遺伝していないのだが、脂性ではあって、私の髪は、洗って半日もすると油じみてきて、いつも「濡れているみたいだ」と言われていた。子供のころ、藤子不二雄（今では④といっている安孫子素雄のほう）の『魔太郎がくる!!』という漫画があり、いつもいじめられている浦見魔太郎が、魔術を使っていじめっ子に復讐するという話で、私はいじめれっ子であることが多かったから、この漫画が嫌いで、しかも魔太郎の、ワカメが垂れ下がったような髪型が自分のに似ているような気がしてなお嫌だった。

今でも私の顔から首のあたりは脂性で、とにかく昔から鼻がすぐかゆくなり、鼻に手をやっているのが私の癖のようになっているし、今でも顔は猛烈な脂で、洗う時は大変だし、首のあたりも脂性のできものがよくできる。

また駒場祭の混雑の中を抜ける。T大も、昔に比べると美人の女子学生が増えてきて、先日も図書館で、はっとするような美人を見た。しかし大方は「イカ東」と言われており、見るからに、いかにもT大生、の略だという。そんな中では素直にかわいい女子が「おむすびいかがですか」と声をかけてきた。いったい私は何に見えるのだろうか。学生の父親に見えてもおかしくはない。

駒場キャンパスでも、いくつかの建物はまだ私が学生だった頃と同じに建っている。中心にある一号館もその一つだ。その脇まで来ると、「恒河沙《こうかしゃ》」を売っていた。これも私の頃からある、学生が作る雑誌で、中でも目玉なのが、教官逆評定、別名鬼仏表で、これも昔からあり、浪速大にもあった。

教員について結構嫌なことも書いてあり、浪速大にいた時、外国人の女性教官がこれを見てパニックになったこともある。私は、「鬼仏表」とあるのを手にとって、パラパラ眺めた。机の向こうには学生が立っている。学生は私を知らなくても、見た目から、教官である可能性は高いと見ただろう。

ところで、T大くらいになると、世間で知られているような教員のことは知っている率が高いが、低レベル大学へ行くと、テレビにでも出ていればいざ知らず、著作で知られているような教員のことは知られていない。あれは浪花大を辞めて一年半ほどした頃か、地方大学（いわゆる駅弁）に勤めている先輩から、集中講義をやらないかと言ってきたことがある。集中講義というのは、かなり体力を使うので、私には無理だと言って断った。その時相手の人は、「みんな喜ぶよ」と言うのだが、その大学の学生が私を知っているはずがないのである。まあ百人に一人くらいだろう。

私も、自分が載っている時は、たまさか手に入ると、おそるおそる見たものである。だいたい

「鬼」だったが、それは嬉しかった。ただ、「十分遅れてきて十分早く終わる」といったことが書いてあると、非常勤だけにちょっとまずいと思ったりもした。

私は「思い出のオーオニ」と題され、「思い出のマーニー」のポスターの女の子が般若の面を着けた絵が表紙になっているのを買おうとした。学生は、あ、二冊で百円になりますと言った。二冊？その下にあるのと二冊ということで、私は百円払って帰路についた。

自分が載っていないと思うと、それは解放感であった。こんな、学生に点数をつけられるような身分でないことを、この雑誌を見ることで喜びに変えることができるのである。

正門の脇に三井住友銀行のＡＴＭがあり、あ、通帳を持ってくるんだったと思った。私の住む平田山には三井住友がないので、永福町まで行かなければならないのだ。

まあ、また今度図書館へ来た時にでもすればいいと思い、私は正門を出ると、右手の、あまり人のいない所へ行ってガラムに火をつけた。少し喫って箱へ戻し、駅の階段のほうへ向ったが、ふとその裏側へ回ると、あのキチガイ嫌煙が貼り付けた「禁煙」だのの紙を全部剝がした。

東十条の女

今の私は、携帯電話とかスマホといったものを、ほとんど使わない。何も歩きスマホとかしている連中を小面憎く思っているからではなく、使う用途がないからである。一応、近くのセブンイレブンで、なぜか贈答品として申し込み用紙が置いてあったエヴァンゲリオン・スマホというのを持っているのだが、まだうまく使える状態ではないし、その前に使っていた「老人用」だとかいう携帯も、実際にはろくに使わなかった。毎日のように自転車で図書館へ行く以外は、電車に乗っての外出というのはめったにないし、あっても半日もすれば帰ってくるからである。

しかし、十年ほど前の、二〇〇四年頃からの四年ほどは、二つ折りの携帯電話を持っていて、盛んにこれでメールのやりとりをしていたのである。二つに折るとカブトムシみたいになるかわいい携帯だった。

で、なんで盛んにメールのやりとりをしていたかといえば「婚活」のためで、しかも持っていなかった携帯を、そのために買ったのである。私は離婚して二年たち、そろそろ新しい結婚相手を探したいと思っていて、周囲の女性二人ほどに小当たりに当たってみたのだが振られ、ついにネットでの「出会い系」を始めることになったのである。当初は「出会い系」の仕組みが分かっておらず、あとから考えればサクラだらけの、当初は無料のものなどで相手を見つけてメールを出して、サクラからの返事に喜んで、そこで課金されるから近くのコンビニへ走って三千円振り込むなどというバカなことをしていた。

二週間くらいして、これはサクラだ、と気づき、まともな（サクラではない）相手と出会うためには、定額制のネットお見合いがいいと気づき、登録してはメールを出した。当時私は四十二、三だったし、T大の大学院を出ていて、著書も多いから条件はいいのだが、大学助教授ではないし、顔写真をつけるとあまり女性からの返信率は良くなかった。

それにしても、三年半ほどの間に、色々な女と会った。最初にネットお見合いで会った人は、会っただけだったが、その頃少し話題だった和製ＳＮＳのロクシィへ招待してくれて、そこでもまた知り合う女がいた。あるいは、都合四回もデートした美人がいたのだが、はじめプロフ（プロフィール）には三十二歳と書いてあったのに、とてもそう若くは見えず、かつどうしても実際の年齢を言わなかった。あとになって、あれは実は五十過ぎていたのではなかったかと思った。

あとはロクシィで知った四十女が、地方から出てきて私を誘惑し、新宿のホテルで一夜を過ごしたのだがかなり恐ろしいことになったりもしたがこれは長くなるし別に書いたから省く。あるいは二十代の音楽家とか、セックスしてしまった女も数人いて、その部分だけ見ると、私の生涯で唯一のポリアモリー期とも言うべき三年半だった。その当時は、いくらか自棄《やけ》になって結婚の可否を別にしてセックスしてしまい、それはそれで自己嫌悪に陥るというほどではなかったのだが、さすがに二年目に入ると、結局ちゃんとした結婚はもうできないのか、と思い、少し心が暗くなった。そんな晩夏に、近所の寺の墓地が面白いと人に教えられて自転車で行った時に、それを思って気持ちが閉ざされたのをなぜか覚えている。

ちょうど私が「婚活」を始めた頃が、千代田区で歩きたばこに「課金」するという条例が出来、翌年「健康増進法」が出来て、禁煙ファシズムがひどくなった時期だったから、そのこともある程度不利に働いて、私とつきあおうという女は、自分も喫煙者であることが多く、おのずと限られる結果になった。

その頃、私は谷崎潤一郎の伝記を書いていた。はじめは、荒正人の『漱石研究年表』のようなものを、谷崎について作ってみようというところから始まったのだが、谷崎は書簡が多く発表されており、なかなか充実したものになってきたところで、谷崎についての本を書きたくなった。谷崎は若い頃、不安神経症に罹り、汽車に乗るのが怖くなって、京都から東京へ帰れずに困ったことがあり、その時のことは短編「恐怖」や、自伝『青春物語』にも書いてある。私もその十年ほど前にこの病気になって、新幹線に乗れなくなり、長いことこだまで、びくびくしながら東西を往復していたのだ。薬を呑んである程度軽くはなっていたが、その頃ようやく、静岡止まりのひかり号なら乗れるくらいにまで回復していた。

そこで、この病気への共感を中心に、軽く伝記的に新書を書こうと思い、さる権威ある出版社に打診してみたら、まあいいでしょうということで、少しずつ書いては渡していた。ところが、担当になった男の編集者は、私には初めての人だったが、どうも態度が冷淡で、私に書かせたくないんじゃないかと思えるものがあった。さらに、書いていくうちに、これはもっと本格的な伝記にしたいという気持ちも芽生えてきた。とはいえ、その編集者はいろいろと資料をコピーして送ってくれたりもしていた。

するうち、その編集者の肝いりで、谷崎研究の権威のC先生と話す機会をもつことができ、二〇〇五年九月に、小田原にいる『瘋癲老人日記』の颯子のモデルである渡邊千萬子《ちまこ》さんに、C先生も交えて会いに行くことになった。ところがちょうどその日が近づくタイミングで、私の草稿のうち、東アジアの歴史の古い大国の呼称について、修正要求の書かれたものが返ってきた。それは、相談すれば何とかなるという感じではなかった。この出版社の体質から言って十分予想できることだったが、私にはいくぶん人を信用しすぎるところがあり、話せばわかる、と思っていたのかもしれない。三日悩んで、断りのメールを書いた。

返事はなく、そのまま小田原行きの日が来たから困った。それまで資料をそろえてもらっていたから、一万円を封筒に入れてお礼とした。渡邊千萬子さんは魅力的な人で、話がはずみ、編集者氏が千萬子さんに何か書くよう説いている隙を狙って封筒を渡した。

谷崎潤一郎は、最初の妻を佐藤春夫に譲ったあと、次の結婚相手に求める条件七カ条というのを発表している。私もこれに倣って、バカにされるだろうと思いながら、夏前に出した新書のあとがきに、七カ条を載せた。要点は、容姿よりも知性だというところだった。

その十二月に、タクシーの運転手が中を禁煙にするよう提訴した裁判で、敗訴はしたが、裁判長が、全面禁煙が望ましいと発言し、国会議員の杉村太蔵が、「今の若い人には、たばこは、くさい、汚い、カネがかかるの3K」などと発言したから、私は怒りを発して、裁判を起こすことにした。一応、弁護士も探しはしたのだが、こんな案件を引き受ける弁護士はなく、本人訴訟で行くことにした。

その二年前に、私は別れた元妻の、といっても籍が入っていなかったのだが、これに賠償を求める女性弁護士（弁護婦？）からの内容証明が次々と届き、私が定職がないから入籍しなかったとか、初めて聞いたことが書いてあったりして、しかも家事審判法でこういう場合はまず家庭裁判所で調停をするのが定めなのに、私に弁護士を雇わせて経済的損失を与えようとしたのか、ないしは脅しか、そう言っても聞く耳もたずに送りつけてくるから精神的に疲れた、ということもあった。

ロクシィにコミュを作った「禁煙ファシズムと戦う会」の会員から、支援のために切手が送られてきた。裁判でカネがかかるというのは、弁護士費用が高いからで、本人訴訟なら、提訴の時の印紙が、提訴額の百分の一、また書類送付のために七千円分程度の切手を納めるだけである。だが、それら切手などを送って支援してくれる人が、勝訴を期待しているようなのには困った。

だいたい裁判というのは、勝つか負けるかが問題なのではない。社会正義を振りかざして裁判闘争をして敗訴した人が、午後六時のニュースのトップで、「これほどひどいとは思いませんでした」と涙ながらに言えば、それはマスコミが味方して判決を批判しているのである。つまりマスコミ辞令ならぬマスコミ判決である。

少し前に、さる文学賞の受賞パーティで、喫煙派の作家T氏と話したことがある。T氏は、舞台の上では演劇なんかで喫煙できるから、どこか舞台を借りて禁煙派と討論会をやれば、あいつらがいかにバカか分かるからやろうじゃないか、と言ったのだが、私は、それはマスコミが報道しないからダメですよと答えた。仮に報道しても、小さな扱いで「喫煙者の一方的な言い分が目立った」などと書かれてしまえばそれまでである。かつて自身の作品が「差別」だと言われて新聞・テレビで大きく報道され、自分の言い分は載せてもらえないことから断筆宣言までした人なのに、なぜそれが分からないのだろうと不思議に思った。

その頃は、四つくらいのネットお見合いに登録していたが、そのうち一つで、メールを出した人から返事が来た。これが、藤木素子さんという三十四歳の人だった。ネットお見合いに登録している女性は、三十四歳がとても多い。昔は二十九歳で結婚を焦った（その前は二十五歳くらいか）と言うが、それが上がって、高齢出産にならないぎりぎりの三十四歳で、ついにネットに頼るということになるのだろう。

素子さんは水戸の出身で、関東地方の公立大学を出て、はじめは会社勤めだったのだろうが、今は都内の辯護士事務所に事務員として勤めていると言う。読書が好きで、川端康成が好きだと言うから、これはいいな、と思い、写真を送ってもらったら、ちょっと熟女風で、美人とは言えなかった。しかし、神楽坂で会うことにした。

私はその頃、女性と会うのにはよく神楽坂を使っていた。井の頭線から明大前で乗り替えて都営線に入り、市ヶ谷でJRに乗ればいいからだ。普通は、神楽坂へ入ってとっつきの左側にあるうなぎ店を使うが、その日はそれより少し奥へ入った右手奥にある日本料理店を使った。

素子さんは、実際に見ると、やはりとりたてて美人ではなかった。ところが、この店は初めてではないのに、私が何か勘違いして、呑み物だけ頼んで、そのあとは料理が出てくるように思っていた。素子さんも煙草を吸うので、二人でスパスパやりながら話していたから、店員のお姉さんに、「あのご注文は」と言われ、わきぜりふで「煙草ばっかり吸って」とまで言われてしまった。

ネットお見合いで会う人、ないしロクシィで知り合って会う女は、精神を病んでいることが多かったが、私とて長く薬を呑んでいる身である。しかし素子さんは、珍しく「まともな人」だった。そこで、一週間ほどあとに、渋谷のセルリアンタワーにある「金田中《かねたなか》」で食事をした。

素子さんは、四、五年つきあっていた男がいたのだが、「君と結婚する気はない」と言われて別れたのだという。恋愛経験も豊富らしく、その分大人で、私はこの人と結婚したら母が喜ぶだろうなと思った。母は、私があまり高学歴な女性と結婚するのを嫌がっていたし、母の出身である茨城の出だからである。私には、そういう母の喜び方は、不快でもあった。だが、素子さんの感じはあくまでも良かった。ただ平凡だなと思うことが不満だった。

素子さんは、大学受験の時、日本女子大も受かったと言うから、それならそっちへ行ったほうがイメージとしても良かったのに、と驚いたが、もしかすると私立へ行くには家計が難しかったのかもしれない。素子さんは、いろいろと川端とか谷崎の小説の話をして、そこに齟齬はなく、話はとりあえず嚙み合っていた。

素子さんは東十条に住んでいて、今度はそこへ行くことになった。ちょうどその日、知り合いの近世文学の女性教授が、学生たちとともに台本を作った『八犬伝』のオペラを「北とぴあ」という王子にある施設で上演するので、それを観てから、王子駅で落ち合うことにした。一月の末のことで、王子駅のプラットフォームの南のほうに立って望見すると「ロンドン」という建物が見えたから、キャバレーかな、と思ったが、当時はラブホテルになっていたようだ。あと鬱蒼とした森が見えて、これは飛鳥山公園なのだが、明治のころは東京市民の行楽地としてにぎわった公園も、今は寂れて、ひどくものわびしげに見えた。

てっきり「きたとぴあ」だと思っていたら「ほくとぴあ」で、オペラも思ったより良く、本当はいろいろ大変なのに学生たちとがんばっている女性教授にちょっと挨拶してから、東十条駅へ向かった。どうも古めかしい駅舎だったが、見回すと、素子さんは駅員と何やら明るく話していた。その日はずいぶんラフな格好で、ジーンズを穿いていて、なるほどこれが「素」なのかなと思ったが、あとで本人にも言ったが、『魔法使いサリー』の「よっちゃん」に似ていた。駅員との話は何だか長く、少しそこで待っていて、それから一緒に商店街を抜けて歩いた。これが長かった。途中で二度くらい交差点を渡り、店のたたずまいは次第に「昭和」になっていって、もう商店街も終わるんじゃないかと思えたところで左へ折れて、やはり古めかしい住宅街を抜けて、一軒屋の一部を間借りしているから、彼女用にできた入口の鍵を開けてそこへ入った。その道のとっつきは環状七号線が走っていて、住宅は一九七〇年頃に建てたものらしく、ドアを開けると小さな台所に風呂があり、その奥に十畳くらいの座敷があり、広さはまあまあだったが、とにかく寂しい。ここに一人で住んでいたらさぞ寂しいだろうと思った。

川端や谷崎の文庫本のほかに、本はわりあいあったが、むしろ服がたくさんぶら下がっているのは当然ながら、テレビのところに、アメリカの連続ドラマ『セックス・アンド・ザ・シティ』のＤＶＤボックスが置いてあるのが目にとまった。素子さんはこれが好きらしいが、私は前にちょっと観て、なんだか下品だなあと思っていた。

あと私の著書もあった。当時私はまだ小説を書いていなかったから、評論エッセイの類だが、あとで聞いたら五年くらい前からの「熱狂的ではない」ファンだということだった。

素子さんが作った夕飯を大き目のちゃぶ台のようなテーブルで食べて、二人で煙草を吸いながらあれこれ話をした。母屋は住人がいるのかどうか、少しも外の物音がしない。

私がふと、今日は泊まっていく、と漏らすと、素子さんはまったく予期していなかったようで、えっそうなの、どうしよう、と慌て始めた。夕方から来て夕飯を食べたのだから当然そうだろうと考えていたから、私もうろたえて、いや、それなら帰るよ、と言うと、あ、いいですいいです、じゃあ布団を……と準備を始めた。

私は、ちょうど煙草が切れたので、買ってくる、と言ってコートを着ると外へ出た。一月末の寒い夜で、通り道には公園があり、遊動円木の大型のものが見えた。商店街へ出ると、コンビニで煙草とコンドームを買って、戻った。

素子さんは押し入れから布団を二組出し、パジャマもそれらしいのを準備してくれた。布団を並べて横になって、ほどなく私は素子さんにのしかかった。

「いきなりですね」

素子さんは言った。

素子さんは、セックスがうまかった。世間に、うまいとか下手だとかいう言説があるが、何も高度なテクニックがあるわけではない。テクニックがあると思わせたいために、アナル舐めをしたり、過剰に大きな声をあげる女がいる。あるいは、寝かせない、などということで激しいセックスをしたつもりになる女もいるが、むしろ柔らかな、適度な声と、液の溢出、やりすぎないフェラチオなどが、うまい女なのである。しかも素子さんは、二度目か三度目に気づいたのだが、名器の持ち主だった。

翌日は、商店街にあるひなびた喫茶店で軽い朝食をとってから、案内されて、王子神谷という地下鉄南北線の駅まで行き、帰途についた。

「恋愛」の時の「好き」というアレは、私にはやってきていなかった。帰りの電車で、私は少し憂鬱になって考え込んだ。知性もある、性格もいい、セックスもいい、だがいま一つ、結婚に踏み切るにたるものがないのである。

二月十一日の建国記念日には、上野の公園口で落ち合って、松坂屋で素子さんの買い物につきあい、私の靴を見てもらって買い、プレゼントにブラジャーを買ってあげた。素子さんの胸は普通の大きさだった。素子さんは書道を習っていて、上野の森美術館でその展覧会があると言うので一緒に行った。私の母も書道をやっていたが、こういう、素人の書がずらりと並べてあるのを見るのは初めてで、特に面白くはなかった。

そのあと、食事をしてから湯島のラブホテルに泊まった。相変わらずセックスはすばらしかった。終わったあとで私のペニスに口をつける素子さんは、ふと、「結婚できるかどうか分からない相手と……」と言ったから、私はちょっと困って、それならもうやめにする？　と言ったのだが、素子さんはその言葉に狼狽して、ああ、言わなきゃよかったなあ、と取り乱した。

私は、新宿のホテルで、泣きながら「面倒な女だと思ってるでしょう」と言った女のような、精神を病んだ者は別として、普通の女の人のこういう取り乱し方を見るのは初めてで、むしろ驚いて、なだめにかかった。

それまで、女の方から誘われて、特に恋愛感情なしにセックスした場合、それは二回で終わるのが通例だったから、素子さんも、もしかしたらこれで終わりかもしれない、と思ったのである。

だが、この時は終わらなかった。そのあと、私は毒喰わば皿までの気分で、ネット上で誹謗中傷をしている大阪のほうの女を提訴して、国相手の訴訟も期日が始まっており、訴訟実務についていろいろ素子さんに教えてもらっていた。

この大阪の女は牛島ぴかこという女性問題運動家で、五十代半ばくらいの相手で、ブログで、私が差別発言をした、と書いていて、事実が違っているからとメールをしても返事はなく、コメントをしてもひたすらこちらを嘲笑するばかりで全然話を聞こうとしない。このあとも私は何度か名誉毀損で裁判を起こすのだが、それらはたいていこの手の、ちゃんと話をしようとしない連中であった。

ところがこちらは、訴状を正常に送達するのが大変だった。相手の住所が分からないのである。まったく正体不明なら、プロバイダーを訴えて開示させるしかないのだが、この時は、名前は分かっているしどういう活動をしているかも分かっている。だが、訴状の送達は自宅ないしは常勤の勤務先に限られるので、この場合、相手が委員をしている組織や、講座を持っていたところへ送達したが、受けとってもらえず返ってくる。

裁判の実務は、書記官と言われる人たちがやるのだが、たいてい書記官は、若くて親切で、裁判官より事件について分かっている。素子さんと、書記官に相談しながらやるので助かった。つまり定住していない人間がネット上で名誉毀損をしても、提訴は困難なのである。公示送達といって、裁判所に掲げて送達したことにする手もあることはあるが、それで勝訴しても、何の意味もなかったりする。

日本では民事訴訟で勝っても、相手が失うもののあまりない人間だと効力がない。前に離婚の時、家庭裁判所へ相談に行って、離婚協議書というのを作って解決しても、相手がストーカーめいたことをするのを止めることにはならないと言われたこともあるし、子供に月一回会わせると裁判で決めて破っても、相手を罰することはできない。

私は大学で英語を教えていたから、素子さんにも英語のレッスンを、お返しとしてすることにして、その後翻訳を刊行することになるエリザベス・テイラーという、女優と同名の英国の作家の『エンジェル』という小説を少しずつ翻訳させて添削することにした。

二度目に素子さんの住まいへ行ったのは、二月の末だった。この時も一緒に風呂に入ったが、素子さんは、

「セックス、したかったぁ〜?」

と舌足らずな口調で言った。ああ、こういう言い方をするんだ、と思った。

素子さんの事務所は「ボス」と呼ばれている男の辯護士と、私より少し上の女性辯護士がいるという。その女性はT大卒で、一度結婚して子供がいるそうだ。村井みやこ先生、と言うから、どういう字?　と訊いたら、「美也子」と書くらしい。美人だそうだ。

国相手の訴訟の期日は三月一日水曜日で、どきどきしながら出かけたが、民事の第一回などは、

あっさり終わるものだ。しかも傍聴席に、素子さんとその美也子先生とが来ていて、ありがたかった。村井美也子さんは、なるほど美人だった。美也子さんはそのまま黙って帰り、私は素子さんがもう仕事がないと言うので、私のアパートへ連れてきた。もう私は十二年も一人暮らしで、結婚していた時も遠距離だったし、昼飯は軽いもので、夕飯は弁当を買ってくるとか、近所へ外食に行くとかしていた。大阪に住んでいた時は四階のマンションの閉塞感があるところで、それも一因で不安神経症になり、夕飯を食べていると突然外へ飛び出したくなり、ずんずんと散歩するという生活をしていたから、ここへ移る時は、閉塞感がなくて一階ということを決めてにした。小ぶりで、外からすぐ入れる部屋で、そこで一緒に風呂に入った。その時、明るいところで素子さんの裸を見て、色黒なのに気づいた。地黒で、田舎娘という感じがしたが、それがかえってエロティックだった。私が、「不倫したことある?」と訊くと、「あるよー」とあっけらかんと答えた。

私の机のあたりに置いてあった『裁判は自分でできる』という本を見た素子さんは、へえーこれがそうかー、と笑っていたが、私は内心に、バカにされたとは思わず、心強く感じたばかりだった。

素子さんはフラメンコを習っていて、五日に有楽町で発表会があるというので、出かけたが、その日は暑く、昼食をとるところを探しているうちに遅れてしまい、観ることはできなかった。けばけばしい化粧と衣装の女性たちがわらわらといて、その中に素子さんもいた。

素子さんが着替えるのを待っていたら、素子さんの友達という女性二人がいて、四人で近くの喫茶店へ行くことになった。女の人の、こういう時に男を友達に会わせたがるというのは、あまり良くない。友達に魅力的な人がいたら気が移る危険があるし、友達が凡庸だと、本人にまで幻滅するからだ。たいていは前者はなく後者になる。この場合もそうだった。高校での友人だし、話は多く高校時代の思い出に費やされ、私は何だか見世物みたいにそこにいるだけで、二人は何だか私を怖がっているようだし、話に知的なところはなく、私は、早く素子さんと二人きりになりたいと思っていた。もっとも素子さんのほうでは、友達に、私をどう思うか訊きたかったのだったらしいが、手順が悪かっただろう。

あとで考えると、この友達との面談が、結婚はできないという決心に大きく作用した気がする。二人と別れて、私は自分のアパートへ行くつもりだったのだが、素子さんは東十条へ行くつもりだったから、「え、ああそう」という感じで、その日も東十条の下宿に泊まった。

「名器だって言われたこと、ない?」

と訊くと、あると言う。

川端康成の『雪国』で、島村が「君はいい女だね」と言って駒子が怒るのは、名器だと言われたと思ったからなのだが、当時の私はそれを知らなかった。「なんでそんなこと教えとくの?」と言うのだが、ほかの男からは言われなかったのだろうか。

十二日に私は、京都の研究会に行くことになっていたので、ついでに法然院の谷崎の墓と、芦屋の谷崎記念館へ行くことにして、素子さんを誘って行った。

最初の日は私は研究会に行き、終わってから素子さんと落ちあい、先斗町《ぽんとちょう》のすき焼き店の二階の座敷ですき焼きを食べ、祇園の旅館に泊まった。もちろん和室で、この頃はセックスがすばらしいものになっていた。好きとか恋愛とか結婚とかいうことをのけた純粋なセックスの快楽ということで言えば、お互いに体に慣れてくると、それはこの上ない歓びだった。不思議にも、素子さんは、私のセックスがうまい、と言い、三十歳まで童貞だったのに不思議だと言うから、それは家にこもって軍学の机上勉強をしていた諸葛孔明が、いったん出廬《しゅつろ》するとたちまち戦に勝利するみたいなもんじゃないかな、と言った。

「体の相性がいいって、こういうことなのね」

私には、どうも「セックスがうまい」「下手」ということの意味がよく分からない。何やら身体的テクニックのように勘違いしている者もいるが、それはむしろ手順とか言葉の使い方とかそういう総合的なものではあるまいか。「強い」「弱い」というのも、男の場合には、一度に何回もできるという意味だろうが、女についても言われる。私の先輩女性が年長の男たちと酒を呑んでいたら、「お酒強いねー」「あっちも強そうだね」「あっちって何ですか」「セックスだよ」とセクハラ会話をされた話をしていた。これも、貪欲で一度に何回もできるということなのだろうが、それはセックスが強いというより、セックスが好きで、体力があるということではあるまいか。

翌日は、法然院の「空」「寂」と揮毫された谷崎の墓地へ参ってから、神戸へ向かう途中、阪急大山崎駅で降りて、一度行きたかった水無瀬《みなせ》の離宮へ寄ったのだが、道に迷ってずいぶん歩かせてしまった。しかも細くて歩道のない道を、時おり車が走りぬけるから、歩いていて疲れた。男女が旅行をするとたいてい喧嘩するもので、成田離婚などというのもそのためなのだが、それなら結婚前に一度旅行しておいたらいい。だが素子さんは、耐えているな、と私は思った。

そのあと行った谷崎記念館は、なんと定休日だった。前もって調べを怠った私が悪いので、うろたえたが、中へは入れたので、事務室を覗くと、かねて名前をお互いに知っていた女性学藝員が出てきて、事務室でちょっと話をして帰途についた。時間が余ったので、その日泊まる予定のホテルオークラ神戸の周辺で降りて歩いたが、どういうことか、元町の裏通りがまるでゴーストタウンのようになっていた。そこからホテルまで少しあって疲れたので、タクシーに乗った。そのタクシーはものすごい煙草の匂いがした。

どういうものか、疲れも見せず、ホテルで二日続きのセックスをして、翌日帰京した。こうして二泊の旅行をして、喧嘩もしないというのはなかなかのことだ。よほどできた女である。それでも私には、結婚する決心はつかなかった。

最近のことだが、歌人のMさんと話した時、彼が好きになる人は、みな詩とか小説とか漫画とか、ものを書く人なので、ものを書く人でないと好きにならないんですかと訊いてみたら、そうですね、と言った。私もそうである。父が死んだあと、何ひとつ書き残したものがないので、それに怒ったくらいで、自伝の切れはしくらい書いておいてもよかろうと思った。学部学生の頃はともかく、大学院へ入ってから好きになった女性は、たいてい学者で、当然論文は書いたし、著書も出した。前の妻も、その頃には著書を出していた。関係ない人でも、学者で、四十過ぎくらいになって、共著や翻訳はあるが単著がない人には、軽いいらだちを覚える。昔少しつきあった学者の女に、まだ単著がないといらだっているほどだ。

そこからすると、素子さんはムリなのである。しかも、あとで分かったが、彼女は専業主婦になりたかったようだ。

素子さんは、その前の年の映画「さよならみどりちゃん」というのを教えてくれた。南Q太という女性漫画家の原作を映画化したもので、原作を読んだら、ヒロインの女がセックスしている相手には、みどりちゃんという好きな女がいる、という話だったから、素子さんも、好かれていないのにセックスしている気持ちなんだろうなあと思った。

旅行から一週間ほどした月曜日に、仕事帰りの素子さんと会って、夕飯を食べてから、私のアパートへ来た。家へ入ってすぐ、外行きのいい服を着ている素子さんの体に、私はむしゃぶりついた。

「どうしたのおー？」

と素子さんはあどけなげな口調で言ったが、私はそのまま性の戯れへと持ち込んでいった。暗いところで見ると、素子さんは木村佳乃に似ていた。

私の新刊の見本ができてきて置いてあったのを、素子さんが欲しがったが、著者というのはいくらでも自分の本が手に入るわけじゃないから、と言ってあげず、村井先生に一冊贈るから、と言った。それと、ネットお見合いでまた返事が来た、という話をした。

それから四日して、たぶん悩んだ末だろうが、素子さんから長めのメールが来た。それは、月曜日に家に行った時、フラメンコもやめるから弟子にしてくれと言おうとしたが、新刊とネットお見合いの話で吹き飛んでしまい、悩んだというものだった。素子さんの誕生日は四月八日で、あと少しで三十五歳になるので焦っているのかもしれません、とあった。私は、ああこれはもう終わりかもしれないなと思い、裁判で利用したみたいになってすみませんといった返事を出した。だが、それは偶然ですから気にしていません、という返事が来て、それから少し裁判についてやりとりをして、なし崩しに「終り」にはならなかった。

私は考えて、誕生日のお祝いに何かを贈ってそれで終わりにしようと思い、谷崎潤一郎が熱海でよく行っていた「重箱」といううなぎの店が赤坂にあるので、四月一日にそこで会うことにして、新宿の高島屋でエルメスのスカーフを買って、重箱で会った。新刊はその日にあげるつもりでいたが、買ってしまったと言っていた。

素子さんは意外と明るい顔で、友達に話したらそれはもう終わりじゃないかと言われた、と言っていた。私も、どうしても結婚する気にはなれない、と正直に言ったが、素子さんは、それでもあと半年くらいつきあいは続けてもいいと言った。

実際私としても、少しくらい好きでないとこんなに関係は続かないし、二泊の旅行もしたので、その日は別れを告げて一人帰るはずだったのが、素子さんとアパートまで帰ってきた。

ところで、ロクシィには、「えっち」という名で、実際にエッチな日記を書いている女性がいて、私は二十代半ばくらいの大学院生かなと思っていた。三月の末に、私は評論家のKと、Kの新著刊行記念のトークショーを都内の書店でやったのだが、その「えっち」が、来ていた。藤村真穂子という人で、東日本の某国立大学の学生ながら、もう三十近かった。ロクシィに載せていた写真は結構ひどかったのだが、実物はわりあい美人に見えた。あとで聞いたら、その写真は精神を病んでいた時のものだったという。

そしてその女から私は手紙を渡されたのだが、それはまあ、誘惑の手紙であった。それからメールのやりとりをして、四月八日に、神楽坂のうなぎ店で会うことになった。

「婚活」を始めてから気がついたのだが、世間には、本を出していて少しは名が知られているという男に関心や欲情を抱く女というのが一定数いるのである。

うなぎ屋は七時の約束だったが、早めに着いたから、外で待っていると、店の女の人が、「あの、女の方が中で」と言うから入って行ったら、藤村真穂子がいた。細い眼鏡をかけていて、ある程度美しく見える。彼女はクリアファイルに入った数枚はある紙を渡して、「あとでいいから見てください」と言ったが、その場でちょっと見ると、十五歳の頃に高校の先生が好きになって処女を失い、その後予備校の先生が好きになってその先生が広島の大学へ赴任したので広島大学へ入り、そこをすぐに辞めて浪人してから、今の大学へ入ったのだという。そこの大学でも好きになった先生がいて、その教授は当時五十歳くらいだったのだが、「俺の奴隷になるならつきあってやる」と言って、彼女をSMの相手にしていたという。それで精神を病んで、ある日教授の研究室で教授が来るのを待っていて、窓から飛び降りようとしたのを教授が止めようとして、危うく心中になるところだったという。

広津和郎のX子事件というのがあって、広津が四十代のころ、ふと手を出したX子という若い女にまとわりつかれてエライ目に遭う話である。だがこの時の私の動物的本能は、うなぎを食べておとなしく帰る、ということをさせなかった。

「これからどうしたい？」

と訊くと、

「セックスしたい」

と言うのである。そういうあっけらかんとしたところが、面白いといえば面白いのだが……。私たちは電車で渋谷へ行った。元は旅館だったのを改造したという風情のラブホテルの、大きな部屋へ入って、立ったままキスをした。風呂へ入ることにして、ズボンを脱ぐと、真穂子はしゃがんで私のペニスにしゃぶりついた。

ネットで知り合った異性とセックスすることを、今では「オフパコ」と言う。これはまさにオフパコであった。風呂へ入ったら、どこかから隙間風が入ってきているようで、少し寒かったが、立った私のペニスを真穂子はしゃぶり続け、風呂から上がってもしゃぶり続けたから、私はとうとう口の中へ出してしまった。ごっくんと呑んだ真穂子は、「勝った」と言った。何だそれは。

真穂子の陰部へ指を差し入れると、そこはぽかっと空洞があいているようだった。これは珍しいのでそう言った。口をつけると、鉄の匂いがしたから、これは血じゃないかと思い、この女は肺結核じゃないかと気になったが、あとで考えたら、呑んだ精液の匂いに過ぎなかった。

コンドームを着けようとしたら、真穂子が私の手をとめて、

「あたしは妊娠しにくいから」

と言うのだが、ヒルトンホテルの狂女もコンドームを着けるのを嫌がった。またもっとまともな女性で、もし不倫するなら避妊はしない、と、口だけだが言っていた人もいた。真穂子はさらに、

「あたしは好きな人の子供しか妊娠したくないし、いま好きなのは×××さんなんです」

と言ったが、妊娠されてたまるものか。

思わざる妊娠というのは、存外こういう女が自ら起こしているのではないか。私は何とか説得してコンドームを着けた。

ところが風呂が寒かった割に部屋の中が過剰暖房のせいか暑く、窓を開けてやっと寝たが、寝てからも真穂子は私の体にまとわりついた。

翌朝、外の喫茶店で軽い朝食をとった時、真穂子が薬を呑んでいるというので、何て薬？　と訊いたら、ジュプレキサと答えた。それはおおむね統合失調症の薬だった。もっともあとになって訊いたら、発達障害だったという。

素子さんとは、もう終わったも同然だと思っていたが、三十過ぎまで童貞だった私には、あまり一

度に複数の女とセックスしている状態に関する罪悪感はなかった。逆に、別の男とつきあっていながら私とセックスする女に対しても、さほど悪いやつという気持ちは起きなかった。「いい猫は鼠をとる猫」のように、「私とセックスしてくれる女はいい女」だと思っていたフシがある。

それから一週間ほどして、美也子さんから贈った著書の感想まで書いたお礼の手紙が来たから、メールを出した。その時「藤木さんには黙っています」と書いた。すると三日ほどして、メールが来て、「黙っていてくれてありがとうございます」と書いてあった。

素子さんとはその間もメールが続いていて、二十二日の土曜日に、浅草でご飯を食べることにした。ところが、神谷バーで会った素子さんは、どうも不機嫌な感じだった。初めてのことだから、恐る恐る、食べる場所を探したら、広いけれど大衆食堂みたいな妙にくすぶったところへ入ってしまった。

不機嫌の原因は、どうやら、友達に話したら、これ以上私とつきあい続けるのはおかしい、と言われたかららしかった。まあ、そう言われればその通りだし、魚の煮物を食べながら、「じゃあ、まあ今日で終わりだね」と言うほかなかった。

外へ出て、今日はこれでさよならなんだな、と思い、地下鉄で上野駅まで出たが、その地下道のあたりで、妙な話になってきた。素子さんは確かに「結婚する気がない人とつきあっていても仕方がないから」と言っていて、私も別に異を唱えてはいないのに、なぜか言い合っているのである。あとから考えたら、素子さんに、未練があったのだろう。そしてどういう理屈でそうなったのか、ラブホテルで最後の一夜を過ごすことになり、鶯谷へ向かった。

鶯谷のラブホテルは初めてだったので、勝手が分からず、妙に横長の狭い部屋に入ってしまった。一番右端にベッドがあり、真ん中はテレビ、左端が風呂だった。素子さんは、これまで溜まっていたものをぶちまける勢いで、

「気配り、ゼロですよね」

などと私を非難した。私はしゅんとして、もう帰ろうかと思った。そのあと素子さんは風呂に入ると言い、「一緒に入りましょうよ」と言うのだが、しゅんとしているから、いやいい、と言った。すると風呂に湯を入れた素子さんが、また戻ってきて、ねえ一緒に入りましょうよ、と言うから、脱いで、一緒に入った。

だが風呂では手を出さず、上がって、少しぼうっとして、これからどうなるんだろう、やっぱり帰るのかなと思っていたら、素子さんから手を出してきた。

その日のセックスは、有終の美を飾るようだった。シックスティ・ナインでは下にぼとぼと落ちるほどの液が出た。挿入して、今さらながら「好きだよ」と言うと、「セックスが好きなんでしょう」とあえぎながら言った。

むかし担当だった女性編集者が、「カラダが目当てだったのね、とか言うけれど、目当てにされるような体なんだからいいじゃないかと思う」と言っていたが、私もそう思う。もっともこれは、「女の体を持っていれば誰でも良かったのね」という意味なのだろう。あとこれは男の知人だが、セックスフレンドが体目当てでいるのが分かって嫌だった、とも言っていた。だがこれも、目当てにされる体なんだからいいじゃないかとも思った。

美也子さんとはその後もメールが続き、口調が次第にうちとけたものになり、「いま何に興味がありますか?」と問われて、「村井先生に興味があります!」などと返事したのは、痴戯と言えば痴戯、お世辞といえばお世辞だった。

鶯谷から四日後、国相手の訴訟の第二回期日があって、東京地裁へ行った。すると美也子さんも来ていた。裁判所へ行くようになって驚いたのは、私好みの美人の多いところだということで、スーツなどに身を固めた知的な感じの美人が多いのである。これは弁護士、裁判官に、弁護士事務所の事務員らである。民事訴訟などというのは、お互いに書面を出して、それぞれの席に着き、裁判官が「この通りでいいですか」と言うと、立ちあがって「はい」と言うだけである。その後は次回の期日を決めるので、裁判官が、次の月の何日何時はどうですか、と言うと、私のほうは暇だからたいていいいのだが、相手方の辯護士が立って「差し支えます」と言う。これは「その日は差し支えます」ではなく、「差し支えます」だけである。

終わると、美也子さんと一緒に出て、煙草の吸える喫茶店へ入った。メールなどで聞いた話や実際に聞いた話では、美也子さんは酒呑みで、ときどき恋人はできるけれど、結局は食事とセックスの関係になってしまうということだった。片山さつきに似ている、と素子さんは言っており、顔かたちや髪形は似ていたが、それより美人だった。

「司法試験なんて、まじめにものを考えてたら受からないですよ。冷酷に条文とか判例を覚えて冷たい心で受けないと」

そう言った。

五月はじめには、湯島のうなぎ店の二階の座敷で美也子さんと会った。美也子さんは文学には関心がなく、私の著書の数や知名度を知って、

「なんで藤木さんがあんなに結婚したがったか、分かった」

と言った。

井上章一さんは、そこそこの知名度があるのでもてるというのは嫌だ、顔でもてたい、と言っていた。私は、顔だろうが実家の財産だろうがもてればいいではないかと思ったが、確かに結婚するのに、知名度目当て、では嫌だなとは思った。

そのまま、湯島のラブホテルに行き、私は一泊料金を払った。ベッドで半裸になってお互いの性器を愛撫していたら、興奮のせいか私はすぐいってしまった。のみならず、美也子さんは子供の面倒を見るので帰る、と言い、泊まり料金を払ったのにすぐ出ることになってしまった。

ぶじ訴状送達のできた牛島ぴかこからは、ファックスでぐだぐだの答弁書が送られてきた。私のほうからは、証拠となるビデオテープを送った。すると、期日当日に、ついにぴかこは現れなかった。書記官は、「張りきって、行くと言っていたんですがねえ」と言った。

それでもあと一回期日を設けたが、その日も来ず、裁判所ではラウンドテーブルという、話し合いの場を設けたが、やっぱり来ずに、私の勝訴になった。

六月はじめ、私は久しぶりに渋谷で真穂子と会った。実はその間に一度会う予定があったのだが、私が、好きでない女とは二度寝ると終りになる、などと言ったので、どうせ私も二度で終わりになるんでしょう、などと荒れて、流れたのであった。だが、一度に二人の女とつきあう罪悪感から、それを口実に私が流したという面もあった。

今度はラブホテルの小さい部屋に入った。フェラをされて、私が下半身裸になって椅子に座って煙草を喫っていると、「喫いながらしゃぶられたことあります?」と言うから、ない、と言ったら、しゃぶってくれた。

ところが、セックスが終わって寝ようとすると、真穂子はほどなく起きだし、私の下半身をむきだしにして、しゃぶり続けるので、眠れないじゃないかと苦情を言った。

真穂子は村上春樹が好きだった。私はそれまで村上の『世界の終りとハードボイルド・ワンダーランド』の、むやみとフェラチオしたがる女の描写に、こんな都合のいい女がいるか、と思っていたのだが、真穂子と出会って、そういう女が実在することを知った。

しかし、夜中に寝るのを邪魔されたのには怒ってしまい、この女と会うのはそれきりになった。予言通りになったわけだ。

あとで聞いたら、真穂子は私が寝たあと、私が精液を出したコンドームをゴミ箱から拾って、中身を自分の陰部にこすりつけていたという。それで妊娠はしないだろうが、もししていたら、その後の私の人生が変わったであろうことはともかく、その子が成長したのち、そんな経緯で生まれたと知ったらショックだろう。

その頃、首の右側にぷくりと腫れものができて、なかなかとれなかった。実家へ帰った時母が、医者へ行ったら、というので、近所の皮膚科へ行ったら、「粉瘤《ふんりゅう》」という良性腫瘍だと言われ、大きな病院で切ってもらうよう言われた。「腫瘍」というから私は怯えて、東京医科大へ行ったら、美人の女医さんから、手術の日取りを聞かされ、朝から来るよう言われた。私は怖いから、近所にあったハイヤーを予約して、七月半ばに行き、切ってもらった。私は少年の頃、耳の後ろが固くなったことがあり、そのままになっていたが、それも同種類のものだとのことだった。

手術の五日後に、国相手の裁判の判決が出た。敗訴だったから、控訴手続きをした。だがそれも棄却された。控訴は誰でもできるが、上告というのは、判例違反などの理由がなければできない。上告もしてみたが、上告自体が受理されなかった。

美也子さんとはその後も会っていたが、食事をしてすぐ帰ってしまったりして、私はもて余した性欲の処理のために、大久保にあるヘルスへ行ったりした。セックスができたのは八月の末のことだった。美也子さんの反応はかなり淡白で、終わったあとで目頭に涙が滲んでいたように見えたのが気になった。

美也子さんはその夏ごろ、別の事務所へ移ったらしく、私は一度、彼女が担当する民事事件の傍聴に行った。傍聴席から向かって右側に、年配の女性辯護士と美也子さんが、左側つまり原告側に男の若い辯護士がいた。どうも居酒屋で起きた暴力事件の民事賠償裁判だったようで、被害者の中年女性が証言しており、これはわりあい長くかかった。そのうち気づいたのは、中年女性側の辯護士が男で、殴ったらしい男側の辯護士が美也子さんらだということで、辯護士というのは引き受ければこういうことにもなるのである。

素子さんとは、ロクシィでつながっていたし、メールも続いていた。しかし、「男の人というのは、つきあっているとか結婚するとか言わないうちは信用してはいけないのだと分かりました。でなければ×××さんを恨んでいたところでした」と言っていた。『ルールズ』という、隠れたベストセラーの本を片手に、今度は決して体を許さないネット婚活をしていて、理系の研究者と結ばれたらしく、メールの返事も来なくなり、ロクシィにもログインしなくなり、姿を消した。

その十一月に、母にがんが見つかり、入院して治療することになった。美也子さんとは、十二月に新橋で食事をした時、風邪をひいているとかでそのまま別れて、それきりになった。

翌年になって、幸いにして私はT大大学院生の女性と知り合って結婚することになり、私の遅い女性遍歴は終わるのだが、驚いたのは真穂子で、私のあと、私の対談相手だったKに連絡してつき合いはじめ、とうとう女の子を生んでしまい、一時期私の住む町の裏手のアパートに三人で住んでいたらしいが、Kには妻がいて別れられず、真穂子は地元へ帰って、娘を育てている。

この「モテキ」というより「オフパコの日々」とも言うべきだったろう時代のことは、懐かしくも思えるし、何とも無軌道で悪人だったかとも思う。本当の色男なら、妻がいて愛人をもつものであろう。それにしても、私は自分とセックスしてくれた女に対しては、そのあと少々恐ろしい目に遭っていても、感謝の念を抱いている。

「走れメロス」の作者

海軍大将・小栗孝三郎《おぐりこうざぶろう》は、日露戦争から第一次大戦まで活躍した軍人であった。加賀の大聖寺《だいしょうじ》藩の出で、遠い先祖は小栗判官として知られる小栗満重《みつしげ》だという。慶応四年、小栗勇馬の三男として生まれ、薩摩閥の山本権兵衛の懐刀として英国駐在武官などを務めたが、第一次大戦で南洋のドイツ領を領略し、潜水艇を導入したくらいのことで、これといった武勲はなかった。大正十三年、五十六歳で予備役に編入され、いささか不遇を託《かこ》っていたが、関東大震災後の復興景気が一転して不景気になると、大正十四年、四谷仲町の邸を手放して、三浦半島の野比《のび》という僻村《へきそん》に転居することになった。

孝三郎の長男・孝則は、当時数え二十四歳であったが、府立一中から東京外国語学校のドイツ語科に進み、詩人として立ちたいと言っていたが、次男で一つ下の英馬、三男に潜、あと女児二人があり、長女・新子は十八歳の雙葉高等女学校生、次女マサ子はまだ三歳であった。孝三郎の妻はとみ子という。この妻は、樋脇盛苗《ひわきもりなえ》の娘である。樋脇は、嘉永六年に薩摩の西田郷に生まれ、少年にして藩漢学校の授読となり、維新以後は上京して警視庁一等巡査となり、西南戦争の前に、西郷隆盛暗殺団ともされる密偵として薩摩へ入り込み、西郷の私学校党に捕らえられて牢に入れられた。戦争が終わると出獄し、二十六年に岩手県警察部長となり、広島、和歌山、宮城をへて三十八年に千葉県書記官となり、四十年に官を辞して国光生命保険相互会社の取締役となり、大正十年、古稀を前に引退、十四年に死去している。

盛苗は、福崎季連《すえつら》という天保時代に薩摩藩士の家に生まれた歌人に師事しており、その長女あさを娶っている。あさは慶応元年生まれで、はじめの夫が病没したあと、明治二十九年に盛苗に再嫁しており、とみ子は明治十二年生まれなので、あさの娘ではない。

小栗の家には祖母が同居していたが、これがとみ子の母であったらしい。この女人は、薩摩藩の家臣の毛利家に生まれ、西南戦争では西郷軍に身を投じたという。すると、最初の妻が生きているのに盛苗はあさと結婚したことになる。あるいは、政府側警官であった樋脇盛苗が、西郷方であった娘との間に、正式な関係なく生ませたのがとみ子であったろうか。あるいは、賊軍の娘として、結婚が許されなかったのであろうか。盛苗が再婚した二十九年に、とみ子は数え十八歳であり、孝三郎は三十歳になる。とすると、盛苗とのかりそめの夫婦生活を終えて、娘の婚家へ厄介になったのかもしれず、それは何やら一編の波瀾に富んだ女の生涯を想像させるものがある。孝則が文学の道へ進んだのは、この母方の血であったろうか。

牧口常三郎の弟子で、戦後、創価学会を再建した戸田城聖《じょうせい》は、孝三郎の母方の親戚にあたり、大正九年、二十歳の時に上京して孝三郎を訪ねている。だが孝三郎は、表面は愛想よく対応したが、戸田は、軽蔑されているのをありありと感じ、憤然として去り、二度と訪ねてはこなかったという。

孝則が生まれた明治三十五年には一家は麻布に住んでいて、彼が中学を終えたころ四谷に移った。孝則は病弱だったこともあり、軍人として後を継がせる考えは両親にもなかった。府立一中の四年の時に心臓を病んで休学し、それまでの法律志望から文学志望に変わったという。幼い頃の孝則は、頭脳明晰で、官吏となるか大臣となるかと将来を嘱望されたものだったが、この病気以後、その望みは次第に失われ、孝則はしばしば癇癪を起こし、煙草を喫って鬱悶を晴らすようになって、実家を出て近所の家の二階へ間借りしたこともあった。

大正七年、十七歳の時に千家元麿の詩集『自分は見た』に感銘を受けて以来詩の道を志し、ドイツ語を学んでシラーの詩に傾倒していた。父孝三郎は、夏目漱石と同年で、漱石が英国を去ったあとに英国に駐在していた。谷崎潤一郎のようなデカダン文士では困るが、その漱石や陸軍軍医であった森鷗外など優れた文士もあることとて、孝則の文士志望を特段にとがめ立てはしなかったが、一抹の寂しさはあった。

大正十一年に、孝則は、宮崎丈二という詩人で画家の展覧会へ行って感動し、画会に入って絵を描き始めた。翌年、関東大震災があって、一家は郊外へ避難していたが、その暮れ、孝則は思いきって宮崎を大井町の家に訪ねた。宮崎は孝則の五つ上で、千葉県銚子の生まれ、グロテスクとも言うべき巨体の持ち主だった。すでに中川一政や、その友人の千家、佐藤惣之助らと同人誌『詩』や『詩の泉』を出していたが、その四月に、千家、永見七郎らと新たな『詩』を創刊していた。

宮崎は歓待してくれ、孝則も宮崎とは無二の友となるが、まだ同人誌への参加は尻込みしていた。

大正十三年九月に『詩』は終刊したが、十月に、千家の『真夏の星』と宮崎の『爽かな空』という詩集の出版記念会が小石川後楽園で開かれ、孝則も出席して、ここで初めて多くの詩人らと知り合った。十一月には、式場隆三郎の『アダム』と鈴木白羊子《はくようし》の『向日葵《ひまわり》』と『詩』が合併して『虹』が創刊された。十四年二月に、『虹』は神田竹見屋で盛大な虹社展覧会を行った。孝則はいよいよ宮崎とは親しみを増して、孝則が大井町に宮崎を訪ねたり、宮崎が四谷の宅へ来たり、二人で夜の町を彷徨したり、カフェなどに出入りして、恋のさや当てをしたりした。そして宮崎の勧めで『虹』に、ウーラントやシュトルムの詩、ゲーテの『プロメトイス』などを訳して載せるようになった。

だが『虹』はその四月にあっさり終刊し、孝則はその号に自作の詩劇を載せた。世間では学生たちを中心に社会主義が流行し、プロレタリア文学が全盛を迎え、政府は治安維持法を作り、ソ連からの革命の波及を恐れてこれに備えた。だが宮崎や孝則は、そういう志向性は持たない、純粋藝術派であった。六月には、『青空』を浜田敏次郎が創刊し、宮崎、広田末松とともに参加した。広田は孝則の五つ下、十七歳の青年だった。

だがその翌九月に、小栗の一家は東京を引き払って三浦半島の野比に移り、仲間たちから離れることになる。外国語学校も中退してしまったようである。孝三郎の長女の新子は理化学者の茂貫《もぬき》利次に嫁入りし、三男の潜は二十歳で中学を終えると、移民としてブラジルに渡っていった。当時の新聞記事は、小栗大将一家の都落ちとしてこれを伝えているが、孝則は取材に答えたのかどうか、ゲーテなどのドイツ詩を勉強したいと言っている。千家や武者小路実篤から嘱望されているともある。

野比は、三浦半島の突端からやや北東にある。小栗の一家は、孝則と、学齢に達したマサ子とともに、半朽ちた薄黒い茅葺きの平屋に住んだ。次男英馬は早大工学部に進んでいて、一人東京に残った。孝則はここで、両親や母方の祖母、妹とともに、晴耕雨読とも言うべき生活を送った。孝則は六歳のマサ子の手を引いて、裸足で海岸を歩き、漁民や農民の生活ぶりを観察した。それはゲーテやカントのようなドイツ文人の生活を気どっていると言えたし、都落ちしたにしても生活の苦労を知らないお坊ちゃんの生活であった、と言えば言えるであろう。土地の者も、父孝三郎の隠居については理解したが、長男が働きもせず詩など作っているのを、いささか奇異の目で見るのもやむをえないものがあった。孝則の部屋は北向きの六畳で、東の窓からは浦賀水道に連なる千駄ヶ崎の山並みが見えた。

しかし大正十五年四月、学校をやめた孝則は徴兵検査を受け、合格して入営を余儀なくされた。一年四ヶ月の兵営暮らしをへて、昭和二年八月に、ようやく召集解除になった。上京した孝則は、宮崎丈二から、新しい同人誌創刊の話を聞き、『河』と名付けられたそれに参加した。主宰は宮崎で、広田のほか、鈴木光毅、北海道の更科源蔵、山梨の中込友美、大阪の多田俊彦と原野栄二、福井の滝波善雅など、全国から同人が集まった。うち更科はすぐにいなくなり、歌人の吉野秀雄が加わった。『虹』があっけなくつぶれたのは、同人たちの軋轢のためだったが、主宰者である宮崎の人徳のゆえか、『河』は同人誌としては異例の、十四年という長年月を生き延びることになる。

その七月に、芥川龍之介が自殺したのには、社会的な反響も大きかった。詩に比べて、小説のほうが世間の注目は大きかった。

「小説は書かないのかい」

と、知人から訊かれることもあったが、孝則にはまだ自信がなかった。

昭和三年、『河』に孝則は、「野比便り」や「『河』と私」「ゲーテ以後」を断続的に書き、昭和四年十二月には、河発行所から自費出版で『ゲーテ以後』という訳詩集を刊行した。四年の十月下旬、早大を卒業するばかりになっていた弟の英馬が病気になったため、一家は小石川区雑司ヶ谷へ転居し、弟の看病に当たった。孝則は、十歳になる妹と同じ部屋に起居した。幸い弟は快復し、十二月には孝則は宮崎と二人で北海道旅行に出た。

昭和二年から『河』巻頭に「ゲーテの言葉」を連載していた。昭和五年一月五日、広田末松が二十三歳で死んでしまった。孝則、宮崎ら同人たちは、広田が病気なのは知っていたが、その日、早稲田の金鯱という鳥屋で新年会をしていて、あとで中込から知らせてきて、同人たちは悲しみを深くした。

二月に孝則は実家を出て、大井町山中の宮崎丈二のそばに一人暮らしを始め、やはり近所にいた同人の堤康則らと遊び暮らした。だが三月三十一日に宮崎の子の爽一が死に、あまり宮崎と遊べる状態ではなくなったためか、あるいは何か事情があってか、孝則は三ヶ月で実家へ帰ってしまう。高等遊民といえば聞こえはいいが、同人費を出すばかりで、文筆で得る収入はないのである。妹のマサ子は小学校を終えて白百合高等女学校へ行くようになったため、孝則は今度は弟の英馬と同じ部屋になった。英馬はほどなく大学を終えて大林組に就職した。

しかし、孝則にも収入のある仕事が来た。大正十五年から、山本実彦の改造社は「現代日本文学全集」を刊行し、大々的な宣伝の効果で売れた。春陽堂の「明治大正文学全集」など、類似の企画がいくつも出て、「円本」と呼ばれた。漱石の作品から出発した岩波茂雄の岩波書店は、これらが予約販売として、分売をしなかったことを批判し、ドイツのレクラム文庫に似せた「岩波文庫」を創刊して、古典的著作を入れ始めた。すると改造社は昭和四年から、同じ判型で「改造文庫」を創刊した。孝則は昭和五年六月に、改造文庫の一冊として『シラー詩集』を刊行した。同人たちがやはり金鯱で祝宴を開いてくれた。

だがその年の暮れから昭和六年にかけて、孝則は恋愛事件を起こし、友人たちにも心配や迷惑をかけたようで、六年三月の『河』には、懺悔の文章と、いったん小栗孝則の名を捨てて木下青二と名のるむねが書かれている。どうやら孝則は「プレイボーイ」あるいはモダンボーイだったようで、銀座のカフェに出入りし、ジャズを聴き、映画を観て女と遊ぶ青年だったようである。『河』に載せられた詩にも、そういう趣のものがある。

こういう孝則を、家族がどう見ていたかは分からない。一家は七月に、知人の斡旋で、のちのちまで定住することになる高田老松《おいまつ》町へ転居した。マサ子はカナリアを飼っていて、毎日女学校から帰ってくるとその世話をしていた。

先の恋愛事件とどういう関係にあるのかは分からないが、その年末ころまでに、孝則は婚約していたようで、相手は千枝という女だった。この千枝は、先に出た永見七郎の妹ではないかと思う。永見は孝則の一歳上の詩人で、武者小路や千家に師事し、のち武者小路の「新しき村」の村外会員として、一九九三年まで長命を保ったが、最後は長く板橋区小豆沢《あずさわ》に住んでおり、孝則没後、千枝がその近所に住んでいたからである。

支那では政情は不安定で、軍閥が割拠しており、日本軍としてはソ連の脅威に備えるためにも座視できず、兵を出していたが、張作霖爆殺事件があって田中義一大将が総理を辞任したが、昭和六年には満洲事変が起きた。

「陸軍のやつら、功を焦ってやしないか」

父が眼をしかめて言う。父は英国に駐在しただけあってリベラリストだったが、軍人として政界へ出るだけの政治力も、野心もなかったろう。それでも、六十そこそこで逼塞しているのはいかにも歯がゆかったようである。中央へ出ようとしないその性格は、文壇へ打って出る気もない孝則に似ているともいえた。この年、北海道小樽出身の大野百合子という若い女性が同人に加わった。以前洋裁学校を創設したこともあるという進取の気象に富んだ人で、翌年正月の『婦人公論』の附録「全国代表婦人」（全国職業婦人百撰）の一人に挙げられたほどで、

「『河』も華やかになってきたな」

と同人らが冗談交じりに言ったほどだった。

昭和七年一月に、上海事変が起き、二月二十四日、孝則に動員令状が来た。「ドウインレイアリ二六ヒゴゼン七ジコウエイタイエユケ」というのだ。一度入営しているから、独立工兵隊の小隊長で、少尉での出征である。

いかに海軍大将の長男でも、いざ戦地へ出るとなると恐怖と緊張はやってくる。宮崎に知らせ、板倉伊八に電報を打った。「動員令を受けた会いたし」とした。知らせを聞いて、伊勢から従兄の阿部

という青年が見送りのため夜行列車に乗って東京へ向かった。すぐ出発しなければならず、集合地は金沢の連隊で、東京駅から夜行で東海道線、北陸線に乗って行くのである。ばらばらと人が自宅へ集まってきた。

母は軍人の妻だから、用意は手ばやい。伊勢から来た阿部は孝則の荷物をまとめて、友人たちとともに一足先に東京駅へ行った。千枝が婚約者として、阿部とともに金沢まで見送ることになった。孝則は軍服を着て、少尉の肩章をつけた。「八時四十分に自動車が来るからね」と母が言うのを聞いて、時計を見ると八時五分過ぎだ。孝則は、少しでも長くこの家にいたいと思った。

自動車が来た、という声を聞いて、孝則はそれから逃げるように、自分の部屋へ入った。体全体が緊張している。そこへ、足音がした。父である。孝則はこの場合、父に会うのを恐れていた。武門の誉とか、御奉公とか、名誉の戦死とかいった言葉が頭の中を駆け巡った。

「さあ、用意が良かったら、出かけようか。皆も東京駅で待っているだろうから」

と父の太い声が言った。孝則は父のはげ上がった後頭部を見ながら母や祖母のいる茶の間に入った。父が振り返ると、

「では行って参ります。どうかご機嫌よく……」

と孝則は言った。父・小栗孝三郎はぐっと手をさしのべて孝則の手を握ると、

「お前も元気で……。それから、わざわざ言うこともないが、お前は現職の軍人ではないのだから、戦場で死ぬことが必ずしもお国のためになるのではない。……そこをよく心に入れて、沈着に働くように……。血気にはやって猪突《ちょとつ》的な勇を振るわぬように……」

孝則はこの言葉を聞いているうちに目頭が熱くなってきた。母や祖母も涙ぐんでいた。孝則は、ぐっと父の手を握り返した。すると元気が出てきた。母は父の言葉が終わると、父の秘蔵のブランディを出してきて、

「ではこれで乾杯をしましょう」

と言ってコップを並べた。母の脇にいた祖母が、

「帰ってきなさるまで、このばばは待っていますぞね」

と言った。西南戦争に従軍して、敵兵の首が切り落とされた時、その切り口が真っ赤だったので、今でも西瓜を切ったのを見るとそれを思い出すという祖母である。

涙ぐんでいる祖母に、孝則は「大丈夫ですよ」と言い、元気よく乾杯した。

両親、祖母、弟妹とともに自動車に乗って東京駅へ行き、車を降りると、もう孝則は出征軍人になっていた。憲兵が立っていて、敬礼をしたから、孝則は内心に苦笑して、将校らしく鷹揚な敬礼を返した。待合室にいた人たちが孝則の姿を見るとどっとやってきて、口々に挨拶をしていくのを、孝

則は直立不動で応答した。友人たちのほか、千枝、後藤の大叔父らもいた。

英馬の友達で、二度ほど家に遊びに来たことがあった人が、昨日孝則の出征を知ると、陸軍関係の人を二三訪ねて、孝則の任務について探ってきてくれたという。それによると、野戦工兵ではなく、揚子江を上って十九路軍の左翼方面に上陸し、架橋作業をやる、というのだ。孝則は、行ってみなければ分からないが、架橋なら実戦からは遠いので大丈夫かな、と思い、だが敵前架橋ということもあるな、と考えた。

するうち、発車のベルが鳴り、孝則は父の手を握り、母の手をとってから、千枝、阿部とともに汽車に乗り込み、品川まで送る宮崎と板倉も乗りこんだ。汽車が、ピイッと汽笛を上げた。

と、大きな体の大叔父が「万歳！」と叫んで両手を挙げた。するとみなそれにつられて、万歳！万歳！　と手を上げたから、孝則は顔色が変わった。これでは死にに行くようだ、と感じたからだ。動かない孝則の代わりに、阿部と千枝が、外の人々に向ってお辞儀をした。汽車は、ごとりといって発車した。隣にいた阿部が、孝則の気持ちを察して、

「ああでも言わないと後藤の叔父さんは我慢できなかったんだよ」

と慰めるように言った。

すると、孝則の友人で映画の仕事をしている松村という男が、金沢でロケをするから、見送りがて

ら一緒に行くというので、女優など引き連れてやってきたから、まるで花束が投げ込まれたような華やかさになった、と板倉は感じた。その仲間たちの中に千枝の知り合いがいたりして、ひときわ賑やかになった。品川駅で宮崎と板倉は降りていった。「じゃあ、元気で」と二人は言い、孝則と手を握って行った。松村たちも別の車両へ移り、千枝と阿部と三人だけになると、急に寂しくなった。

金沢へ着いたのは夜明けころで、それから自動車で連隊本部へ行き、その門前で二人と別れた。あとは機密事項なので、船を見送ってもらうことはできない。船は玄界灘から対馬海峡を抜けて東シナ海へ出た。上官たちが、小栗大将の息子として見てくれたから、時には大佐の部屋へ呼ばれて父の話をしたりもした。その船の上で、満洲国建国の知らせを聞いた。

上海では、特段激しい戦闘の中に放り込まれることもなく済んだ。作業はおおよそ、鉄条網の解除などで、戦闘の跡地へ行くと、さすがに生々しいものがあった。死体も目にしたが、敵兵の死体を見て、兵隊がゲラゲラ笑っているから、行ってみると、陰茎がないのである。ということは下半身が露出しているのだが、どうやら犬が食いちぎって行くらしい。

またある時は、歩哨の兵隊が、支那人を捕まえて誰何《すいか》しているのに出くわした。小隊長の孝則が来たので、兵隊は敬礼をした。孝則はその支那人を見ると、彼がほほえんだように見え、「去去《チエチエ》」と言って手を振り、支那人は行ってしまった。孝則はその時、その支那人と心が通ったように感じたものだ。

だが、兵隊らを見ていると、「ちゃんちゃん」などと言って盛んに支那人をバカにしている。これはいけないなと孝則は思った。

戦争をしている相手国の人間をバカにするのは、侮ることで、相手を侮って戦争に勝てるはずがない。第一次大戦でドイツ軍相手に戦った父も、日本人は、日清・日露以後、勝ってばかりいるため、慢心しているのではないか、それがこの先どう出るか恐ろしいと言っていた。

だが、何といっても自分が無事帰還したい。三ヶ月勤務して、ようやく帰還命令が出たから、孝則は家族や友人たちに手紙を書いてしらせ、五月に上海を出港して、六月十二日に大阪へ着いた。ちょうど、英国のリットン調査団が満洲視察に来ていた時期に重なる。

七月に歓迎会が開かれ、そのあとすぐ孝則は千枝と結婚し、実家を出て間借りの新居を構えた。だが、それから五年で、孝則は七回も転居した。何か内部に落ち着けないものがあったのだろうか。

『河』には、宮崎と同じく画家で詩も書く難波田《なんば た》龍起《たつおき》が入り、翌年にはパリ滞在中の高田博厚も参加した。武者小路や千家が顧問格の『河』は、それなりに存在感を持っていた。千家は脳を病んで入院もしていたが、退院していくらか元気になったようだった。宮崎は着実に詩集を刊行していたが、孝則は訳詩集だけである。妻を持って生活はおちついたが、相変わらず定収入はなく、ドイツの詩の翻訳ばかりしていた。従軍したのだから従軍記的な小説を書いたらどうかと言われたが、どうにも自信がなかった。

昭和八年には、日本は国際連盟を脱退し、ドイツでヒトラーが政権を掌握し、焚書を行ったため、長谷川如是閑、藤森成吉らの文人たちが抗議集会を持ち、学芸自由連盟を結成した。舟木重信、茅野蕭々などの先輩のドイツ文学者も加わっていた。

昭和九年には、片山敏彦も『河』に加わった。孝則の四つ上の、東大独文科卒で、フランス語もでき、ロマン・ロランと親しかった。片山や高田といった華々しい才能を前に、孝則は萎縮を感じた。そんな中、島崎藤村が『河』と孝則を認めてくれる文章を書いた上、『ゲーテ全集』の訳者の一人として推薦してくれたのは嬉しい出来事だった。昭和十年のことで、文壇では芥川賞・直木賞が創設されていた。第一回の芥川賞に落とされた太宰治という、孝則の七つ下の作家が、選考委員の川端康成に激語を投げつける事件もあった。

「太宰というのは筆名なんだね。京大の太宰施門《せもん》にあやかったのかな」

孝則が言う。太宰施門はフランス文学者の京大教授である。中込は、

「そうかもしれん。最近は文学志望者は仏文へ行くのが多いようだな」

と言った。ほかに高村光太郎も、『河』の愛読者だった。大野百合子は三月に嫁入りした。同人間

で恋愛事件でも起きるかと思っていたが、無難に片付いたというところだった。

十二月の『河』から、孝則は「銅貨《ドンペイ》―私の従軍手帖」の連載を始めた。三年たって、ようやく心に落ち着きを取り戻し、上海事変の従軍について書けるようになったのであった。

だが昭和十一年、中込が肺を病み、同人たちはみな心配してカンパなどをした。細々とやっている同人誌だが、地方で愛読している人もいて、時おり手紙をくれた。孝則は四月に、ニーチェの『この人を見よ』の翻訳を改造文庫から刊行した。これは先に安倍能成の翻訳があったが、それがあまり良くないのでとりかかったものである。孝則は続いて、前に出した『シラー詩集』の出来に不満だったので、その改訂にとりかかった。

世間では、二・二六事件が起こり、父と同年の海軍大将で総理の岡田啓介が一時は殺されたと伝えられ、あとで無事が確認されたが、斎藤実、高橋是清らが殺され、父は怒りをあらわにしていた。反乱を起こした青年将校たちは処刑されたが、それから軍部、特に陸軍の発言力が大きくなり、翌年七月七日には盧溝橋事件が起きた。『新編シラー詩抄』が出来たのはそのあとで、また同人たちが金鯱で祝宴を張ってくれたが、孝則も同人たちも、兵隊にとられる恐怖を感じていた。

だが、八月になって、動員令が下ったのは、弟の英馬だった。翌年一月の『河』に孝則は、詩「私は祖国を愛してゐる」を発表した。だが孝則の詩には「勝者もない！敗者もない！」とか「殺すな、死ぬな、殺すな」といった、厭戦的とも言える語が見られた。今回の戦争は長引いて、孝則は翌昭和十三年五月に、再びの動員令に接し、北支山東省の曲阜へ出征した。さすがに前回よりは落ち着いていて、あの時はよほど慌てていたんだなとその時は思った。ドイツ文学の仲間の井汲《いくみ》越次が、孝則の代わりのように『河』に参加し、ハイネなどの翻訳を載せ始めた。

曲阜には孔子廟があり、孔子の子孫が堂守のような形で住んでいる。当代の孔徳成はまだ十八歳だったが、蔣介石と行を共にし、抗日宣言を出していた。日本軍では、これを、蔣介石に拉致されたと表現し、孔子廟は孔子の七十六代の孫・孔令煌が守っているとしている。当代は七十七代で、その父・孔令貽は大正八年に死んでいたから、孔令煌はその弟に当たるのだろうか。孝則は三枚の紙を持ってこの人を訪れ、書を請うた。孔氏は「徳天者寿」「誠敬」「友愛」の三つを書いてくれた。

孝則は詩のための草稿帳をもち、ほかに雑記帳を二冊用意して、それぞれ「北支那甲集団」「漫々《マンマン》的《デ》」と題した。『河』に孝則は六月から、「我系図の一頁」と題して、先祖たる小栗判官と、その妻照女つまり照手姫と、小栗家の跡取りとなった宗丹について一編ずつの詩を載せていた。足利公方の反乱者として、また説経節「おぐり」の主人公として知られる小栗一族という敗北者を描いたのは、何ゆえであったろうか。直接の縁戚ではないが、幕末の小栗上野介もまた、新政府に徹底抗戦を唱えて江戸城開城後に斬首された者であり、小栗の姓は敗者の宿命を担っているかのようだ。

その春、夫について渡満していた大野百合子は、病をえて九月末に三十歳で死んだ。『河』同人たちは、その死を悼んで遺稿集を作った。

孝則は、十二月に無事帰還した。十二月の『文藝』（改造社）には孝則の詩が掲載されていた。昭和十四年一月八日に、金鯱で同人たちが帰還歓迎会をやってくれた。難波田は『河』を離れていたが、紀美代子という女性が新たに参加していた。

孝則は、二度の従軍をへて、定職を得る決心をした。熱心にあちこち当たり、七月に昭和航空計器会社に入った。だがその九月にはドイツ軍がポーランドに侵攻して第二次世界大戦が始まった。井汲は『河』に、ヒトラーの和平提案を英国のネヴィル・チェンバレンが拒否した、という時局詩を書いた。しかし、宮崎は警視庁に呼ばれて、雑誌の性格などを尋ねられた。同人たちは、『河』を翌年から季刊にすることにした。

孝則は、十月に、豊島区目白に転居した。昭和十五年四月の末、土曜日の午後、半ドンで家にいると、井汲がやってきた。

「おい、これを見たか」

と言って井汲が取り出したのは、『新潮』の五月号だった。出たばかりらしい。

井汲がしおりの紙をはさんでいたから、そこを開くと「走れメロス」とあった。作者は太宰治、とある。あ、と孝則は思った。実は孝則も、新聞の広告でこの題名を見て、おや、と思っていたのであった。

「メロスは激怒した」と始まるその短編は、もとより、孝則のよく知っている話である。孝則が『新編シラー詩抄』に訳出した「人質」にほかならない。これは前の『シラー詩集』には入れなかった。

千枝がお茶を淹れてお菓子と一緒に持ってきた。井汲は千枝に目配せすると、黙って、胡座を掻いて、孝則がその小説を読むのを待っていた。

「うん」

と言って向き直った孝則の目には、涙が浮かんでいた。

「お前のを読んで書いたんだよ、太宰は」

「まあ、そうだろうな」

「ちとひどくないか。最後に、『古伝説と、シルレルの詩から』なァんてしてあるが、古伝説なんか見ちゃいないよ」

「うん、まあそうだろう」

「もちろん、ほかの翻訳だってあるが、それは主人公がダモンだ。シラーの別版で『メロス』としたのはお前だけだし、『セリヌンティウス』ってのも、本文にはないが、お前の巻末の解説にある通りだ」

「そうだな」

千枝が、何か困ったことでも起きたのか、と思い、薄ぼんやりとは分かったものの、全部ではないので、井汲が説明した。その間、孝則は、書棚から自分の『新編シラー詩抄』を出してきて、対照しながら、「走れメロス」のあちこちを見ていた。

「まあ、最後だけ違うな。もとの伝説ではディオニスが仲間にしてくれというのをメロスたちは拒むが、シラーはそこは書いていない。太宰のでは受け入れている。これは受け入れると、今まで虐殺された者らはどうなるんだ、ということになるはずなんだがな」

「そうだよ。あまりいい翻案じゃないね。いや、剽窃か」

「剽窃は言い過ぎだろう。ちゃんと『シルレルの詩から』って書いてあるんだから」

「いや、『メロス』とか、それはお前の訳だけなんだから、お前に何とか言ってくるべきだろうよ、改造社を通してだって」

「まあ、そうだが、俺が書いた詩じゃないからな。シラーじゃあ、著作権もとっくに切れているだろう」

「そうかねえ。……どうも日本は後進国だね。『コロン寺縁起』だってそうだったじゃないか」

「ああ」

「コロン寺縁起」は、昭和五年に正宗白鳥が発表した小説で、中世のケルン大聖堂の建設にまつわる伝説を書いたものだが、これがルーラントというドイツの作家が書いたものを元にしていて、英訳で読んだのだろうということも、ドイツ文学者の間では知られていた。

「『河』でなんか皮肉ってやるか」

と井汲が言うから、

「いや、それはやめてくれ」

と孝則が言った。

「俺は翻訳者に過ぎない。たとえ太宰が俺のを見て書いたとしても、そんなことで騒ぎ立てるとこっちの足元を見られるよ」

「それもそうだな……。世間に気づく人がいるかもしれないし……」

井汲が帰って、夜になると、今度は千枝が怒り出した。その間に二つを読み比べていたのである。

「いくらシラーをもとにしているって書いたって、そのまんまじゃありませんか。あなたに何か言ってくるべきですわ」

周囲が先に怒ってしまうと、孝則としては変にそれをなだめる側になってしまうのであった。「走れメロス」を読んだ時浮かんだ涙は、何であるか、孝則にも判然とはしなかったが、悔しさ四割、自作が活用されて創作となった嬉しさ六割というところではなかったか。

この古代ギリシアの友情物語は、割と広く知られていたようで、アメリカの自然主義作家、フランク・ノリスの『マクティーグ』にも、「デイモンとピシアス」というのが、厚い友情の例として上がっている。日本でも道徳の教科書に載っていたりしたことがある。

六月末に、ドイツ軍がパリを陥落させ、フランスはドイツの軍門に降り、ペタン元帥が傀儡政権を作った。アンドレ・モーロワの『フランス敗れたり』が訳されてベストセラーになった。これはフランス人のモーロワが、フランスの軍備の不十分さを論じたもので、日本人にとっては、軍備増強の必要性を説くものとなった。

その九月に、日独伊三国同盟が結ばれた。ドイツ文学者の竹山道雄は「独逸・新しき中世?」を書いてナチスを批判したが、はっきりとは分からない形で書かれていた。

父の孝三郎は、ナチスとの提携を批判し、米英との戦は絶対に避けるべきだと言って、海軍の現役将校らとも連絡をとっていた。だが、海軍の山本五十六や米内光政は、とても陸軍の意向が強い、と嘆息を漏らすばかりだった。

昭和十六年に入って、遂に『河』は十四年の歴史に幕を下ろすことになった。同人たちも四十前後になり、時勢もまた、詩の同人誌どころではなくなっていた。

十二月八日には、真珠湾攻撃があり、父の恐れていた日米開戦となった。続くマレー沖海戦で英国戦艦二隻を撃沈し、シンガポールを陥落させて、国民の士気は大いに上がったが、父は沈湎していた。果たして、翌年にはミッドウェー海戦に敗れ、日本軍は劣勢に追い込まれた。

孝則は、のち東京藝大の学長になった小塚新一郎の世話で、九段の千鳥ヶ淵にある日独文化協会に勤務して、『日独文化』の編集に当たった。ドイツ語のできる者は、この戦争ではあまり食いっぱぐれがなかったのである。そこでアメリカ文学者の松本正雄と親しくなった。松本は孝則の一つ上、青山学院出で、元左翼運動家であった。また、大正九年生まれで、当時二十三くらいだった中嶋洋典もいた。昭和十七年に孝則は、シュヴァイツァーの『ゲーテ』を訳して、長崎書店から刊行した。

しかし孝則は三度目の召集を受け、再度大陸へ渡った。十八年四月、帝国海軍の希望であった山本五十六はあっけなく戦死し、父はひときわ嘆き、日本の未来を憂えた。十九年七月、サイパン島が陥落し、日本本土への空襲が本格化する危機が迫った。父は病床にあって、孝則に、

「ドイツも日本も負ける。俺が言うんだから間違いない。どうやって負けるかが問題で、なるべく早く降伏したほうがいい。その後のことをどうするかは、お前たちが考えることだ」

そう言い残して、十月十五日、七十七歳で死んだ。孝則は妻とともに実家に戻り、「家を継ぐ」ことになった。それからほどない十一月二十七日、松本正雄が逮捕された。もう二年前から継続して行われている、『改造』の細川嘉六論文を発端とする思想弾圧事件、いわゆる「横浜事件」の一環で、左翼的な日本評論社にいた松本も拘引されたのである。空襲は次第に激しくなり、一家は郊外の練馬に間借りした。そして戦争が終わった。玉音放送があった三日後、松本はようやく釈放されて帰ってきた。

海軍大将の長男で、三度も将校として出征した孝則にとって、敗戦後の日本が居心地が悪かったのは否定できない。職業軍人ではないから、公職追放などの具体的な処分はなかったが、父のことはなるべく隠すようになり、そのことを父に申し訳なく思った。

ドイツ語関係の人間の世界でも、孝則はずいぶん醜いものを見た。ナチス関係のものを翻訳し、序文でそれを礼讃したりしていたことを隠して、一転して平和主義・民主主義者に変貌する者たちが少なくなかった。京大の哲学や地理学の世界では、大東亜共栄圏の後押しをしたというので職を辞する、というより辞めさせられる者がいたが、ドイツ文学の世界では、単に語学の能力を国家に利用されただけだということで、おとがめなしが多かったため、かえって近くにいる者には醜さが見えた。

「一億総懺悔」の名のもと、大東亜戦争の後押しをした詩人たちは苦しんだ。高村光太郎は山奥へ籠って『暗愚小伝』を書き、千家元麿も苦悩していた。

日独文化協会は、西欧学芸研究所と名前を変えて存続し、孝則はそこに勤めて雑務をこなし、昭和二十二年から、解放社の『ハイネ選集』を井汲とともに編纂し、詩集を訳した。解放社は、その名が示す通りのマルクス主義的な出版社で、孝則は社会主義的な新日本文学会に参加した。

ハイネはマルクスの友人の社会主義者であったから、そんな出版社から出たのだが、孝則自身も、もう戦争は起こしてほしくないと思っていた。だが、戦後日本の知識人が、雪崩を打つようにマルクス主義になったことを、竹山道雄は批判していた。竹山は確かに正しいと孝則は思ったが、自分は竹山のようには振る舞えない。

太宰治は、戦後、人気作家となり、『斜陽』などがベストセラーになったが、二十三年六月、玉川上水で情婦と心中してしまった。それより先の三月には、千家元麿が六十歳で死去していた。

その年、孝則はシラーの『瞑想詩集』と『人間の美的教育について』の翻訳を、西洋の文学・哲学書を出す小石川書房から刊行した。後者は、シュヴァイツァー研究者の医師・野村実から回ってきた仕事だった。戦時中に出したシュヴァイツアーの『ゲーテ』も新教出版社というキリスト教系の出版社から再刊された。横山喜之という子供の頃からの友人が、内村鑑三門下のキリスト教徒で、その影響もあって孝則は、シュヴァイツァーの新教的平和主義に次第にひかれていった。

一方、新日本文学会では、松本正雄と親しく、昭和二十九年、孝則は松本とともに平凡社に入社した。もう五十二歳になっていた。中嶋洋典もいて、平凡社は百科事典など学術的な価値のある著作を出す志の高い出版社で、孝則は居心地良く勤めができた。

太宰治は、没後ますます人気が高まっていた。特に高校生から大学生あたりに人気があるらしい。昭和三十二年には『富嶽百景・走れメロス 他八篇』という短編集が岩波文庫に入ったのを、新聞広告で見て、孝則はほうっと息をついた。聞いてみると、昨年から中学校の国語の教科書にも「走れメロス」は載っているという。

それから二年した昭和三十四年のことだ。新日本文学会の西洋文学者たちによる会食があり、孝則も松本正雄に誘われて出かけていった。ほかに井上正蔵という、都立大の助教授をしている四十六歳のドイツ文学者がいて、岩波新書から『ハインリヒ・ハイネ』などを出していた。

「小栗さん、太宰治の『走れメロス』って、あれはあなたの訳業を下敷きにしているでしょう」

と話しかけてきた。

「うん……」

「ほかの訳なら、ダモンとピンチアスです。メロスとセリヌンティウスというヴァリアシオンを使ったのはあなたのだけで、太宰はあれを読んで書いたのですよね」

孝則は、口を濁した。あまり触れられたくない話題だった。

「私は今度、『新日本文学』に何か独文関係の話を書かないかと言われているので、そのことを書くつもりです」

「!」

孝則は、そうですか……と言っただけだったが、あとで井上に、それを書く前にいっぺん話をしたい、と言い、自宅へ招いた。

自宅は相変わらず高田老松町で、井上は背広姿でやってきた。孝則は五十七歳になる。ドイツの詩の話などをしてから、孝則は、

「『走れメロス』だがね……」

と切り出した。

「誰か関係ない人が見つけて書くなら差し支えないんだが、『新日本文学』に君が書くと、僕が書かせたと思う人がいやしないかと思うんだ」

「はあ」

井上も、意味はおおむね分かったようだった。

「すると、たかが翻訳したくらいで、剽窃でもされたかのように、しかも目下の者を使って書かせた、と思われやしないか……」

井上は、沈黙した。

「しかし、書くなじゃない。書いてもいいけれど私のことには触れないでください」

「そうですか……」

孝則は、井上の意気込みを挫くようで、悪い気がして、茶を啜った。

「しかし、世間ではあれについて、シラーの詩ではダモンとピンチアスなのに、メロスとセリヌンティウスとしたのは、古伝説を見たからだと解している人が多いのですよ。あなたの本にはメロスとあるのに……。いや、私もあなたの『新編』のほうは古書店で見つけたんですがね。あれは今はほとんど見かけませんからね」

「お気持ちはありがたいが、そこは頼みます」

「前から伺おうと思っていたんですが、小栗さんは、なぜそう……」

みなまで言わせず、孝則は、

「三回も戦争へ行ったからですかね。人と争うのが、もう嫌になりました」

井上は息を呑んで、ほどなく辞去した。

九月の『新日本文学』に、井上の「シラーと太宰治」が載ったが、そこでは、単にシラーの「人質」を太宰が利用したとあるだけで、メロスとも小栗とも出てこなかった。あまりにあっさりしているので、孝則も拍子抜けがしたほどだった。

昭和三十七年に、孝則は六十歳で平凡社を定年退職したが、その後も嘱託として平凡社の仕事を続けた。その年アメリカのMGMで「ダーモンとピチアス」という映画が作られていた。「走れメロス」の原典を脚色したものだが、日本では公開されなかった。日本で公開すると、「メロス」だと思われてしまうからかもしれない。

ほとんど孝則は、以後、翻訳も文章を書くこともしなくなった。昭和四十二年に住居表示が変わり、高田老松町は目白台と変わった。東側には獨協高校、西側には日本女子大があった。

一九七〇年三月二十五日　宮崎丈二が七十三歳で死去したあと、孝則は結核を発病し、入院して二年八ヶ月療養、いったんは退院したが、体調が優れなかった。松本正雄は「過去と記憶―回想・1930年前後」を『文化評論』に連載したが、一九七六年四月十五日、松本は七十五歳で死去し、あとを追うように五月十七日、七十四歳で小栗孝則は死んだ。

その後妻の千枝は、『死せるマリア』の翻訳が絶版になっていたのを私家版として復刊した。

香川大学の角田旅人が、「走れメロス」のネタ本は小栗の訳した『新編シラー詩集』だとする論文を発表したのは、小栗の没後七年たった一九八三年だった。小栗孝則は、一冊の詩集を残すこともなかった。平凡社と新日本文学会で編集者をしていた小林祥一郎の『死ぬまで編集者気分』には小栗もちらりと姿を見せるが、「走れメロス」の原典となった詩の訳者として紹介されている。
孝則に子供がいたかどうか、それも分からない。シラーの『人間の美的教育について』は、二〇一一年に法政大学出版局から新版が出ているが、訳者の著作権保持者は不明だということである。

参考文献

●『河』日本近代文学館架蔵
●ハイネ『死せるマリア』小栗孝則訳、創元社、一九五二、私家版、一九七六
●「読売新聞」大正十四年七月二十一日「不景気風は—武勲の家にも　三浦のかた田舎に引つこむ小栗海軍大将の一家」
●兼清正徳「歌人福崎季連」『藝林』一九八九年六月
●角田旅人「『走れメロス』材源考」『香川大学一般教育研究』一九八三

初出

●潤一郎の片思い――「文學界」――二〇一七年三月号
●細雨――「文學界」――二〇一六年九月号
●ナディアの系譜――「文藝」――二〇一七年冬季号
●紙屋のおじさん――「小谷野敦のブログ」――二〇一六年一月八日〜十二日
●東十条の女――「文學界」――二〇一七年八月号
●「走れメロス」の作者――「小谷野敦のブログ」――二〇一六年二月二十二日〜二十五日

小谷野 敦［こやの・あつし］
一九六二年、茨城県生まれ。作家・比較文学者。東京大学文学部英文科卒業、同大大学院比較文学比較文化専攻博士課程修了。学術博士。著書に『聖母のいない国』（サントリー学芸賞受賞）『もてない男』『谷崎潤一郎伝――堂々たる人生』『川端康成伝――双面の人』『日本人のための世界史入門』『頭の悪い日本語』『俺の日本史』『文豪の女遍歴』『純文学とは何か』『司馬遼太郎で読み解く幕末・維新』など多数。

東十条《ひがしじゅうじょう》の女《おんな》
二〇一八年四月九日 第一刷発行
著者 小谷野敦
発行者 田尻 勉
発行所 幻戯書房
郵便番号一〇一―〇〇五二
東京都千代田区神田小川町三―十二
岩崎ビル二階
電話 〇三（五二八三）三九三四
FAX 〇三（五二八三）三九三五
URL http://www.genki-shobou.co.jp/
印刷・製本 中央精版印刷

ISBN978-4-86488-144-9 C0093